A casa da minha infância

A casa da minha infância

CRÔNICAS

Luís Nassif

AGIR

Capa
Rita da Costa Aguiar

Foto de capa
Acervo do autor

Revisão
Maryanne B. Linz
Vinicius Trindade

Produção editorial
Felipe Schuery

CIP-Brasil. Catalogação-na-fonte. Sindicato Nacional dos Editores de Livros, RJ.

N217c Nassif, Luís, 1950-
A casa da minha infância / Luís Nassif. — Rio de Janeiro: Agir, 2008.

ISBN 978-85-220-0794-3

1. Crônica brasileira. I. Título.

CDD: 869.98
08-4421 CDU: 821.134.3(81)-8

AGIR

Rua Nova Jerusalém, 345 — CEP 21042-235 — Bonsucesso — Rio de Janeiro — RJ
Tel.: (21) 3882-8200 fax: (21) 3882-8212/8313

Sumário

Prefácio

Comecei a escrever crônicas em minha Coluna Econômica na *Folha* em fins dos anos 1990. Em 2003, o livro *O menino de São Benedito*, com uma coletânea delas, foi finalista da categoria Crônicas do prêmio Jabuti, perdendo para Rubem Fonseca.

Os problemas vieram em seguida — e como conseqüência. Umas duas ou três vezes, Otávio Frias Filho, herdeiro do grupo, me ligou alegando que "leitores" estranhavam uma coluna de crônicas no caderno Dinheiro. De fato, não era usual. Mas dava certo, já tinha tradição de muitos anos. Atribuí essa discrepância à capacidade da *Folha* de inovar.

Conhecendo o modelo de tomada de decisão de Otávio, sabia que o processo já tinha se iniciado.

As crônicas sempre foram meu espaço preferido. Nada contra a economia, mas nela a ligação com o leitor é fria, racional, distante. Na crônica era imediata. Não apenas isso. A economia atingia um público especializado. A crônica permitia pegar o ponto comum a todas as pessoas, independentemente de nível intelectual, social ou profissional.

Saber, pela Heloisa Buarque de Hollanda, em um seminário do Ministério da Cultura em Brasília, que João Gilberto era leitor de minhas crônicas foi um presente sem preço. Ou Milton Nascimento, que passou a me mandar seus CDs com dedicatórias carinhosas, Edu Lobo e Chico Buarque, que, por causa das crônicas, me pediram que escrevesse a abertura da reedição de *O Grande Circo Místico* —, e Carlos Lyra.

Ao escrever uma crônica sobre o reencontro com os antepassados, me surpreendi por ter comovido de Delfim Netto a Antonio Barros de Castro, do desembargador José Nalini a tantos leitores de todos os calibres que me escreviam.

Era evidente, para mim, que as crônicas de domingo tinham um público muito mais amplo e apaixonado do que as de economia. Não apenas por explorar caminhos comuns a todas as pessoas (memorialística, família, relações filiais) como por procurar, por todas as maneiras, levantar valores nacionais — submergidos naquela terrível onda de internacionalização rastaqüera que dominava o país.

Mas não houve jeito. Quando Otávio me chamou, lá por 2005, para comunicar que não iria mais publicar as crônicas de domingo, porque leitores estavam reclamando, nem discuti. Sabia o que a crônica representava para um leque amplo de leitores. E sabia que ele sabia isso. Para que perder tempo? Apenas perguntei se ele conhecia bem seus leitores.

Na segunda-feira, depois de ter anunciado no domingo o final das crônicas, enviei-lhe um e-mail perguntando se gostaria de receber algumas mensagens sobre o fim da publicação, para servir de *feedback*. Respondeu monossilabicamente que sim. Enviei-lhe outro com cinqüenta e-mails recebidos, que iam do desapontamento à indignação ampla.

Rapidamente comprei um programa de enviar e-mails, montei um *mailing* inicial e mantive as crônicas no blog e por e-mail. Depois, faltou tempo.

Agora, consulto velhos arquivos para relembrar as ligações que as crônicas me proporcionaram. Lamento ter perdido o contato com meus velhinhos, meus leitores que só me alcançavam através da *Folha*, por não terem aderido à internet.

Aí vão, após uma rápida pesquisa, alguns dos e-mails que recebi:

De Jader de Oliveira, da BBC:

"(...) Quanto às crônicas, saiba que o Nassif cronista me foi apresentado pelo Ivan Lessa, que é também seu leitor. Acontece que você escreve sobre assuntos que interessam tanto a ele quanto a mim. E o Ivan vai me mandando tudo que lê de você (agora ele será desmobilizado, porque receberei a crônica da fonte)."

De Moacyr Scliar

"Luís: não há dúvida: a música brasileira está ressurgindo nos teus textos! Abraços, Moacyr Scliar."

De Alberto Dines

"Nassif, meu caro, leio as suas crônicas com enorme prazer. Parabéns! Você precisa editá-las. São um retrato do Brasil — e especialmente do Rio — que ninguém fez.

Como dizem os judeus — que você chegue aos 120 anos!"

Outra de Moacyr Scliar

"Nassif: que belo texto! De imediato remeteu-me à infância — sim, porque eu também era fã do 'Thesouro'. Nele li a história 'Da que depois de morta foi rainha'. Até hoje lembro! Grande abraço do fã, Moacyr Scliar."

Do violonista Fábio Zanon

"Linda crônica, Luís; o Jacob merece, é o Michelangeli da música instrumental brasileira."

Do novelista Alcides Nogueira

"Caro Nassif, deliciosa a crônica sobre Adalgisa. E trágica também. Eu não sabia de muitos desses detalhes. Que bom você ter resgatado essa mulher flamejante."

Do consultor Vicente Falconi

"Nassif, mais uma crônica sensacional! Muito obrigado."

Do prefeito César Maia

"Nassif,

1. A informação em seu futuro livro de que o plano de metas veio depois da eleição de JK é fundamental.

2. Como me inscrever em sua rede?

CM."

Do professor Roberto Romano

"Caro Luís Nassif: sua crônica sobre Radamés Gnattali repara uma injustiça na vida brasileira. Este lugar comum torna possível dizer o seguinte: quando alguém passa desapercebido e morre sem os aplausos da universidade, da mídia e da 'opinião pública', é certo, é verdade, tratar-se de pessoa efetivamente importante. E quando poucos comemoram a sua existência, tempos depois, estes poucos são os melhores. É o seu caso. Seu belo texto corrige o estrabismo de nossos cérebros supostamente pensantes. Obrigado pelo envio do excelente texto!"

De Alexandre Garcia, jornalista

"Maravilhoso!

Que prazer cada vez maior você nos dá com suas crônicas!

(A gente tem que usar ponto de exclamação...)"

Do saudoso Artur da Távola

"Com setenta e um anos, os meus, o valor, a emoção e a verdade de sua crônica são ainda maiores. Primor no gênero. Não a deixe perder-se.

Curioso como os árabes são parecidos."

Do compositor Tavinho Moura

"Luís Nassif, por favor, me mande sempre suas carinhosas crônicas sobre música. Essa relação, que você revela nessa crônica, vida e música, é o que faz a diferença.

Um abraço, Tavinho Moura."

Do desembargador Renato Nalini

"Meu caro Luís:

Outra vez você me faz chorar!"

Do sociólogo Chico de Oliveira

"Prezado Luís:

Desculpe-me por tomar seu tempo, mas fui também leitor voraz do *Thesouro da Juventude*, e as seções que lhe interessavam eram, coincidentemente, as mesmas que para mim abriam os mistérios do mundo. Uma grata recordação que, creio eu, criou em mim a inclinação humanista que é meu maior Thesouro. Um cordial abraço, Chico de Oliveira."

Memorialística

Ritos da passagem

Quando eu morrer amanhã, vou querer meu quarto cheio, cercado por minhas mulheres — filhas, tias e irmãs e a companheira dos melhores dias. Não as espero aliviadas, para não liquidar com minha auto-estima, mas as quero conformadas, com a sabedoria dos que aprenderam a conviver com o inevitável.

Posto que, como recompensa pelo martírio diário do fechamento, Deus concede aos jornalistas a suprema graça da morte súbita, não haverá tempo para as últimas palavras. Desperdiçarei meu treinamento, dos 8 aos 14 anos, enquanto me encantava com as últimas palavras dos "Homens e Mulheres Célebres" do *Thesouro da Juventude*, edição de 1925.

Sendo inesperada a passagem, mais uma vez serei vítima de minha eterna distração. Levarei algum tempo para me dar conta do inusitado da situação, de ver no mesmo ambiente enevoado, no súbito infinito da passagem, minhas filhas mais novas com seus avós, que, por uma dessas falsetas temporais, não tiveram chance de conhecer. As mais novas repetirão que "papai só faz rolo"; e minha mãe dirá pela milésima vez para eu parar de ser distraído.

Posto que, nesses instantes de passagem, Deus nos faculta o corte transversal do tempo, poderei escolher o ambiente da confraternização. Provavelmente ficarei entre o quartão, no fundo da casa da minha infância, que abrigava nossas celebrações natalinas, e a sala da casa da tia Rosita, onde, criança, me encolhia em um canto ouvindo as serestas de meu tio. Ou ainda na sala da casa de meu avô, aqui em São Paulo, onde, no Dia dos Pais, se preparava a bacalhoada que reunia filhos e netos. Não pensarei em nenhuma das muitas casas em que morei depois de adulto, talvez pela orfandade da casa em que nasci.

Haverá música da boa, porque a passagem não prescinde de bom fundo musical. Aceitarei de bom grado a "Bachiana Número 4", de Villa-Lobos, e a "Flor do Cafezal", com Cascatinha e Inhana. Minha vida não foi suficientemente piedosa para aspirar a Garoto e Jacob me aguardando com seus bandolins. Mas haverá a voz cristalina de minha mãe cantando "Chuá Chuá". E haverá tia Mariana, como que saída do fundo do tempo, cantando "Linda Flor" e contando histórias com aquela capacidade de compor frases que parecia da tia Olímpia, a louca de Ouro Preto.

Na celebração intemporal dos afetos, haverá a figura reverencial do meu avô Issa, me abrigando embaixo de seu braço protetor, ao lado de meu pai Oscar. Minha avó Martha ficará suspirosa em um canto, conversando com a bisavó Mariquinha.

Farei questão absoluta de ser filho e neto, respeitando a precedência das gerações. O lugar central da mesa será de meu avô e meu pai. Mas não abrirei mão de manter, num canto da mesa, mas no meu entorno, o pequeno arquipélago das minhas meninas.

As meninas ficarão surpresas de verem, nos avós, valores, modos, tiques que transmitimos a elas. Vó Tê se surpreenderá ao identificar seu estilo gozador tanto na neta mais velha, a Mariana, quanto na penúltima, a Bibi.

Vão me supor distraído, mas com o rabo dos olhos verei minha filha Luizinha me acompanhando com aquele olhar dos que sabem transmitir afeto sem arrebatamento. E não haverá como deixar de ouvir os gritos exuberantes de Mariana e da Clarinha, de quem não consegue transmitir afeto sem arrebatamento.

De cada uma de minhas meninas levarei um instante intenso de recordação. De Mariana, a fantasia de baiana, no carnaval de seus 10 anos. De Luizinha, o abraço apertado que me deu aos 6 anos, celebrando nosso reencontro. Da Bibi, o olhar afetuoso dos 3 meses de idade, que me conquistou para sempre. Da Dodó, o bico armado de quem nasceu para dar e receber beijos. Da Clarinha, o abraço apertado e a declaração que desmontou o avô. Da Ruiva, a dedicatória do primeiro livro e o sorriso do primeiro encontro.

Como último desejo do lado de cá, sentirei em meu rosto o afago da mão quente de minha mãe. Como primeiro contato com o lado de lá, ela dando ordens sobre como me comportar. Tudo isso quando eu morrer amanhã.

7/3/2004

O olhar de meu pai

Antes dos 13 anos, declarei guerra a meu pai. Eu passara para o terceiro ano do ginásio, mudou o irmão Marista titular da classe, e tive a oportunidade de tirar o primeiro lugar, algo que não conseguira nos dois anos anteriores.

Fui para casa de boletim na mala e peito estufado, e o velho nem ligou. À noite, no encontro de pais e alunos no Marista, um pai chegou perto de nós, saudou o meu feito e indagou se manteria a colocação. Seu Oscar respondeu irritado: "Problema dele." Anos depois, Chafik, seu melhor amigo, me contou que ele não se conformara com minha decisão de, aos 12 anos, me tornar jornalista, e não seu sucessor na Farmácia Central.

Desde aquela noite de 1963 um muro ergueu-se entre nós. No mês seguinte caí para sétimo da classe, no terceiro mês para 15º, do quarto mês em diante fui o último para o todo e sempre. Puni o seu Oscar a cada prova malfeita, a cada gazeta engendrada, a cada rebelião contra os irmãos. Mas nos momentos cruciais, consegui o seu apoio, especialmente no dia em que o reitor Lino Teódulo foi à minha casa com acusações falsas, em represália à minha militância estudantil. Disse-lhe na cara que ele estava mentindo, e meu pai me apoiou.

Nem isso quebrou as nossas barreiras. Eu chegava em casa antes de meu pai chegar, refugiava-me na tia Rosita na hora do jantar, depois, quando ele descia de novo para fechar a farmácia, corria para casa, para dormir antes que ele voltasse de vez. Mas de manhã bebia cada som que ele emitia, cada gesto de ansiedade, andando para lá e para cá no corredor de casa, os gemidos de quem carrega os fardos do mundo. E me punia por não poder ajudá-lo.

Ao longo da vida, guardei em frascos de cristal os poucos momentos de emoção que consegui compartilhar com ele, como o garimpeiro que procura a pepita na bateia. Registrei seu choro na morte da tia Marta, as lágrimas na missa de sétimo dia do vô Issa, seu sogro, a última ida a Poços de Caldas, para ser comunicado da morte de seu melhor amigo, e seu olhar quando divisou a cidade ao longe. Mais tarde, acompanhei seu silêncio quando tia Rosita morreu. Não contamos nada para ele, e ele nunca mais perguntou dela, para não ouvir a resposta que temia.

E me lembrei para sempre do dia em que o critiquei na casa do vô Issa por ter comprado um bilhete de loteria enquanto estávamos acampados por lá, procurando casa para alugar em São Paulo. Ele saiu para a rua, fui atrás e pedi a Deus as palavras que me permitissem explicar o que sentia. Abracei-o, aquele homem alto, chorando, e falei, falei e falei, disse-lhe que ele continuava o centro da família e que minha preocupação era apenas para que não demonstrasse desespero indo atrás de miragens. E só serenei quando ele se acalmou e me olhou com olhar de pai agradecido.

O primeiro derrame veio pouco tempo depois.

O segundo derrame chegou doze anos depois do primeiro. Só depois de morto e enterrado comecei minha longa caminhada atrás de meu pai. Passei a buscá-lo em cada contemporâneo, em cada amigo. Com as velhas senhoras de Poços descobri o galanteador, com os fregueses mais humildes da farmácia, uma generosidade que nunca pressenti.

Com os amigos, a pessoa aberta e alegre que submergiu com a crise da farmácia, mas que continuou sendo o mais gentil dos poços-caldenses.

E quanto mais o buscava passava a descobrir o inverso, a busca que ele fazia de mim. Diariamente meu pai levava minhas irmãs ao Colégio São Domingos, e, na volta, pegava um amigo meu para almoçar e saber notícias minhas de São Paulo. Antonio Cândido me falou do orgulho com que ele relatava minhas primeiras reportagens. O padre Trajano me contava das notas que levava ao *Diário de Poços* relatando cada vitória em festival, em concurso literário. E minha mãe me contou que, no auge da minha crise de adolescência, ela perdeu a fé no meu futuro, e ele acreditou.

Às vezes sinto o travo da última conversa que não houve, dos beijos que não lhe dei. Mas em algumas noites o sinto ao meu lado, daquele modo silencioso com que ficava com a tia Rosita, sem nada falar, porque palavras eram desnecessárias. Apenas me olhando com aquele olhar de quem finalmente se fez entender.

13/9/2003

Paixões de adolescência

Ah, os namoros de adolescência, as paixões mal-resolvidas que ficam suspensas no ar, como ectoplasmas que a gente carrega vida afora. São fantasias que nunca se realizam, porque interrompidas no meio do sonho, antes de sofrer o desgaste das relações diárias.

Por isso saí muito ansioso de uma palestra para prefeitos, em Campos do Jordão, depois que um senhor se aproximou, apresentou-se como ex-prefeito de São Sebastião da Grama, me contou que havia sido colega da mamãe, de pensão e de Escola Normal em Casa Branca. E despediu-se com uma frase intrigante: "Como aquele rapaz sofreu quando sua mãe terminou o namoro com ele."

O rapaz era Pedro Ortolani, que minha mãe namorara antes de conhecer meu pai. Era sexta-feira. No domingo houve almoço de família e perguntei a minhas tias sobre o namoro. Foi uma paixão incontida. Minha mãe terminou com Pedro, conheceu meu pai, marcaram noivado. Pedro não se conformou, procurou-a, implorou para que não se casasse, em vão.

Na segunda-feira não sosseguei enquanto não localizei o nome de Pedro na lista e telefonei. Ele mesmo atendeu. Apresentei-me como filho da Terezinha, e Pedro se atrapalhou todo. Pediu desculpas, explicou que era o cinqüentenário da formatura de ambos.

Desculpa de quê, indaguei? Do convite que ele havia enviado para minha mãe, para o encontro dos formandos.

Contei-lhe que mamãe tinha falecido há exatos dez anos. Do outro lado da linha, Pedro embatucou, emocionou-se, disse que só soubera da morte de meu pai. Ficou com um nó na garganta, e eu com outro. Deu-me vontade de visitá-lo assim que fosse a Poços.

Tempos depois fui à cidade e, no bar do Pálace, encontrei-me com João Sâmia, velho amigo da família e vendedor de produtos odontológicos. Na conversa, pediu para não deixar de visitar Pedro, dentista e seu cliente, pois ele só falava nisso.

Telefonei para Pedro, domingo de manhã, passei por Casa Branca e segui o roteiro indicado para encontrar sua casa. Perdi-me pelo caminho e fui dar na Escola Normal de Casa Branca, onde minha mãe estudara. Parei justo em frente a uma pequena casa e na placa vi que era o consultório de Pedro. Achei curiosa a coincidência.

Segui caminho e cheguei em sua casa. Lá, me recebeu com dona Dirce, sua esposa, mulher inteligente, sensível, filha de um antigo diretor de redação do *Correio Paulistano*.

Foi uma conversa sofrida, como se ele estivesse aguardando há décadas por ela. Contou da ligação com minha mãe, de como ela lhe dera força para fugir da imposição do pai, que o queria sucessor na empresa telefônica da cidade, de como o estimulou a seguir outra carreira, deu-lhe aulas de português, de como se tornou adorada pela família. Disse-me, "sua mãe era tudo para mim". Ao lado, dona Dirce o olhava com ternura.

Perguntou onde moráramos em São Paulo. Disse-lhe que na Vila Mariana, depois, no Paraíso. Lamentou-se nunca ter nos visitado, ele que sempre passava por lá. Expliquei-lhe que ele havia voltado para Casa Branca em 1967, e meus pais se mudaram para São Paulo apenas em 1974. Pedro nem parecia se dar conta desses desencontros do tempo.

Dona Dirce perguntou se eu tinha um retrato de mamãe para mostrar. Tinha levado um álbum de família. Pedro devorou as fotos, ansioso, tentando disfarçar a emoção.

No final da conversa, indaguei onde era a pensão que minha mãe havia morado. Ele fez silêncio, enquanto controlava a emoção e contou que, na volta de São Paulo, a havia comprado e transformado em seu consultório.

Saí de lado lamentando não ter encontrado o álbum de recordações que mamãe tinha guardado com recados de todas as colegas. A primeira página ficara em branco e, na borda inferior, escrito a lápis, o nome do Pedro.

Na porta, dona Dirce se despediu, me beijou, como se beija a um filho, e agradeceu o que tinha feito por seu marido. Alguns meses depois, me telefonou informando da morte dele. Pedro estava apenas esperando aquele acerto de contas, para morrer em paz.

29/8/2003

As normalistas de Casa Branca

1949, os corações das mocinhas do interior ainda batiam por Carlos Galhardo. O pós-guerra trouxera ânimo de progresso geral, e o país dava os primeiros passos rumo à redemocratização. O magistério era visto como missão, as professoras, respeitadas, veneradas até. E poucas escolas impunham tanto respeito quanto a Escola Normal de Casa Branca. As mocinhas normalistas de Casa Branca com suas saias azul-marinho preparavam-se para pavimentar, com sua severidade doce, a estrada que levaria ao futuro.

1999, a Igreja Matriz de Casa Branca recebe os formandos de 1949, para a missa de celebração do cinqüentenário de formatura. Aí, os fantasmas que rodeiam esses encontros, os cinqüenta anos de Brasil pairando em torno daquelas paredes, não apenas os vultos que construíram o país que restou, e desperdiçaram o país que seria, mas as pessoas, a turma de 1949, reunida para balanços de vida e de morte.

O sacerdote anuncia solene, pausado, os nomes dos falecidos, uma lista grande e triste. Mais tarde, uma cerimônia no teatro da própria escola, onde oradores sacam de sua retórica cinqüentenária, recheada de floreios bonitos, de imagens e de pausas.

Depois, o almoço no clube, onde as mocinhas e os rapazes de 49, com filhos e netos, começam os acertos de conta com o passado.

É lá que se conta, à boca pequena, o caso da aluna belíssima e brilhante que encantou o professor de química. No dia do casamento dela no Bom Retiro, em São Paulo, o professor entrou na fila de cumprimentos, beijou a noiva com o beijo mais doce do mundo e, incontinente, sacou do revólver e a matou.

E o caso de Pedro e Tereza, ele, filho de uma família tradicional de Casa Branca; ela, uma mineirinha linda, como relata o ex-aluno, escolhido para mestre de cerimônias, cometendo uma breve inconfidência sobre o caso que a geração de 1949 não se esqueceu.

Vocês não sabem como eram os namoros daquele tempo, contava Pedro durante o almoço, discreto, contido. Faziam-se planos de vida. Pedro havia sido escolhido pelo pai, entre oito irmãos, para sucedê-lo na empresa, a telefônica local. O temperamento de ambos não permitia uma convivência pacífica. O namoro com a mineirinha mudou sua vida. A namorada convenceu-o a se formar em odontologia, ajudou-o a enfrentar a fúria paterna, deu aulas de português, ensinou-o como se "enchia lingüiça" nas redações. Passou a ser querida pela família, pelos irmãos. Depois, uma desavença qualquer, e a mineirinha começou a namorar um conterrâneo dela, sujeito mais velho, bonito, galante, trabalhador, cobiçado por todas as moças de Poços de Caldas e região.

Menos de dois anos depois, Pedro soube que ela iria se casar. Amigo, nem conto o tamanho de sua dor, algo tão intenso que correu a região, de Casa Branca a Poços, passando por São Sebastião da Grama, e ecoou pelos cinqüenta anos seguintes.

Foi tão intenso o sofrimento de Pedro que dois amigos foram até a cidade da mineirinha com uma missão insana. Um procurou a mineirinha, tentando convencê-la a ser seqüestrada, para não ter que se casar. Outro procurou o noivo, tentando convencê-lo a desistir do casamento. Foram postos para correr. A mineirinha se casou, teve filhos, e um casamento com momentos de felicidade, outros de desgaste, como em todo casamento.

Durante oito anos, Pedro arrastou sua dor. Nos três primeiros, ia de casa ao trabalho, depois voltava, sem conversar com ninguém, nem com os amigos que o adoravam. Depois, mudou-se para São Paulo, montou consultório no Pari, seguiu carreira de dentista e de inspetor de ensino. Levou anos para encontrar a nova namorada, inteligente e — principalmente — sábia. Antes de se casarem, disse-lhe com todas as letras o nome da sua paixão. A nova namorada aceitou o desafio. Tiveram filhos, momentos de felicidade e de desgaste, como em todo casamento, e dessa luta dura e diária contra o passado, resultaram companheiros inseparáveis.

Mas por cinqüenta anos Pedro arrastou o peso do caso mal-resolvido. A comemoração da formatura poderia ter sido o momento para o desfecho daquela conversa inconclusa, que ficou parada no ar durante cinqüenta anos... não fosse o fato da mineirinha ter morrido exatamente dez anos atrás — algo que Pedro ignorava quando tentou encontrá-la, para avisar da festa.

Agora, ao som do órgão do conjunto municipal, Pedro procura no álbum de retratos fotos da mineirinha, junto com o marido, com os filhos, sorrindo com aqueles dentes alvos e aquele ar alegre, de eterna gozadora. E a pensão onde a mineirinha se hospedava? Pedro olha no vácuo, como se procurasse enxergar na transposição do tempo. Na sua volta à Casa Branca, ele a comprou para transformar em seu consultório. Ao lado, a esposa olha comovida o companheiro de tantos anos.

Em torno, outras almas, outras vozes, outras lembranças vão recompondo os cacos do passado, os sonhos desfeitos ou realizados, o mundo intemporal que rodeia, machuca e reanima em toda comemoração de cinqüenta anos de formatura.

5/11/1999

O último galanteio do seu Oscar

É minha irmã Regina quem me conta a história. Somos cinco irmãos, eu mais quatro irmãs. Sou o primogênito, Regina a segunda.

Em 1974, seu Oscar foi acometido de um AVC, que lhe tirou os movimentos do lado direito do corpo. Ainda houve um período em que se submeteu à fisioterapia. Depois, foi gradativamente desistindo da vida, tornando-se mais pesado, ficando mais tempo na sua poltrona e, curiosamente, mais tranqüilo, sem aquela ansiedade que o havia acompanhado permanentemente nos dez anos anteriores.

Passava horas na poltrona assistindo à televisão e só se assustando um pouco quando os netos passavam correndo na sua frente, com medo de um pisão nos seus pés frágeis.

Fora isso, seus dias foram se tornando cada vez mais silenciosos. Quando ia visitá-lo, sentava-me na poltrona ao lado e passávamos muito tempo sem conversar, mas um sentindo a presença do outro. Não sei como era com a Regina. Talvez houvesse mais conversa, porque ela sempre foi uma filha extraordinária desde que, com pouco mais de 10 anos, ficava no balcão da farmácia atendendo os fregueses, mas, principalmente, aquecendo o coração do seu Oscar com a sua presença.

Depois do derrame, coube aos dois filhos mais velhos ajudar a segurar a barra de casa. Mas a Regina esteve lá desde sempre, presente desde menininha, com aquelas bochechas lindas, de menina rechonchuda, atendendo os fregueses da farmácia, jamais saindo do seu posto.

Pouco tempo antes do derrame, seu Oscar já não tinha muita noção do que ocorria fora do apartamento. Um dia chamou a Regina e lhe fez um pedido: queria que comprasse o vestido mais bonito que achasse para a dona Tereza. Colocou a mão no bolso e tirou um punhado de notas e moedas, de valor irrisório, tudo o que havia conseguido guardar, mesmo sem ter noção clara sobre o valor do dinheiro.

A Regina foi e comprou um vestido bonito, que devolveu algum viço ao ar cansado da dona Tereza. Nova ainda, com pouco mais de 60 anos, o hipercolesterol tinha judiado de mamãe.

Dona Tereza continuou lutando pela vida até o final. Mas se deixou abater. A beleza feneceu, o cabelo embranqueceu, ficou com um ar precocemente envelhecido. Seu Oscar sentia o fim se aproximando, mas quis o último reencontro com as lembranças da jovem que, um dia, incendiou seu coração. Queria enfeitar a sua "velha" — "meu velho", "minha velha", era como se tratavam.

Dona Tereza usou o vestido em todas as festas e reuniões de família no ano e pouco que viveu, depois daquele dia. Seu Oscar chegou a vê-la de vestido novo, mas por pouco tempo. Alguns meses depois, um segundo AVC acabou com ele. Foi levado à Beneficência. Lá, um raio X constatou que seu cérebro tinha acabado. Um neurologista ambicioso prorrogou-lhe a vida, contra minha opinião. Durante um ano, vegetou em sua casa, mas sempre assistido por dona Tereza. Mantivemos os almoços de domingo. Algumas vezes, houve reuniões. E dona Tereza, sempre com o vestido bonito.

Agora, Regina me escreve, com seu texto claro e emocionado, lembrando o episódio. Mas não foi esse o último galanteio do seu Oscar. O último, mesmo, foi quando, na cama do hospital, já sem conseguir falar, fez um gesto chamando a Regina. Ela foi até o lado da cama, ele, com esforço, esticou o braço esquerdo e, com a mão fechada, passou o indicador pelo seu rosto e balbuciou: "Bonita."

Naquele momento, revi a menina de pouco mais de 10 anos, responsável desde cedo, no balcão da farmácia, onde eu me recusara a ficar. Depois, me lembrei de sua presença recatada, quase silenciosa, ao longo desses anos todos, sempre apoiando familiares, sem alarde, sempre presente, sem rompantes.

Ao longo desses anos todos, por minha retina cansada passaram cenas inesquecíveis, de filhas, de mãe, de amigos. Mas, por mais que viva, cena alguma conseguirá superar o último galanteio do seu Oscar, com o último suspiro da sua consciência.

20/1/2006

Meu amigo Zé Grandão

Em casa sempre fomos enjoados com o uso da palavra "amigo". Dona Tereza passava uma reprimenda quando eu dizia que tinha ido jogar bola com meus "amigos". "Companheiros", explicava ela. "Amigo, só seu pai."

Mas com o Zé Grandão foi um caso de amigo à primeira vista. E dona Tereza nem se importou, aliás, adotou o Zé de imediato, porque ele veio com aquele jeitão desengonçado, dominando como poucos a arte de contar "causos". E habitava uma "república" local que tinha por animal de estimação uma jaguatirica. Quem não vai gostar de um cara desses? O Zé se apaixonou perdidamente por minha família, e por ela foi imediatamente adotado.

Coisa boa, não éramos, admito. Prova é o dia em que fomos à boate Josi, a casa da inolvidável tia Jovita, eu com minha cara de seminarista, óculos e uma capa preta que tinha ganhado de presente da minha mãe. A estratégia consistia no Zé me apresentar como seminarista filho de um rico fazendeiro recém-falecido, que estava em dúvida entre continuar no seminário ou cair na vida. A gente entraria na zona, o Zé falaria para alguma dama da noite me convencer a não voltar para o seminário. Ela viria à minha mesa, beberíamos bastante e, na hora de pagar, apareceria um grandão, da turma do Zé, e se apresentaria como delegado de menores. Aí eu empalideceria, confessaria ser "de menor" — e tinha só 17 anos mesmo —, o "delegado" ameaçaria a todos de prisão e, para se ver livre do enrosco, as tias nos liberariam de pagar a conta.

Plano perfeito, muito bem-sucedido. Mas como amigo que é amigo gosta de sacanear, para me desencaminhar o Zé escolheu uma moreninha feia que nem a peste, incapaz de desencaminhar até padre norte-americano. Quando a moça chegou na minha mesa, fiz meu ar mais grave e perguntei: "Você freqüenta missas?" E ela, compungida: "Não." "Então chama aquela loirinha ali, que tem jeito de quem freqüenta."

O Zé marcou época em Poços e em todas as cidades pelas quais passou. Em Poços, nosso programa favorito era ir ao Bachianinha encher a cara e ouvir os "causos" do Zé. Em São Paulo, fazer a mesma coisa no bar do Alemão.

Além de presidente do Grêmio do Pelicano — o curso de química da maçonaria — o Zé criou o jornal *A Retorta*, do qual era diretor, redator e repórter principal. Mas era tão bom redator que, logo que vim para São Paulo, indiquei-o para o Talvani Guedes, que estava começando a montar a reportagem da recém-reorganizada revista *Exame*. O Zé levou um susto. Estava em dúvida entre ser motorista de caminhão ou viajar a América Latina de moto, mas topou virar jornalista. Provisoriamente, esclareceu.

Dali para diante "provisoriamente" sua reputação foi crescendo, porque, com seus mais de um metro e noventa, de tamanho não dava mais. Tornou-se o texto mais saboroso da imprensa, saiu de São Paulo para Campinas, depois para o Rio, Brasília, voltou para São Paulo, deixando em cada lugar legiões de amigos e admiradores.

Ficamos juntos a vida toda. Quando montamos uma espécie de "gueto" mineiro ali na rua Abílio Soares, onde morávamos, em apartamentos diferentes, eu e minha mulher, meus pais, sogros, irmãs, quem se mudou correndo para lá? O Zé com a Guida.

Ele é um radical terrível, que um dia quase brigou com o Fred Jorge, um senhor simpaticíssimo, indignado com as versões de música norte-americana que Fred havia composto... trinta anos antes. "O acanalhamento da música brasileira começou ali", justificou.

Passamos juntos pela ditadura, ingressamos juntos na democracia e começamos a ter divergências nos anos 1990. Mas só políticas. Um dia o Zé me fez uma declaração que namorada nenhuma chegou perto: "Turco, acho que gosto tanto de você que até aceito essas suas idéias neoliberais." E eu nem tinha aderido ao rock.

São mais de 35 anos de amizade. Bebemos juntos, compartilhamos nossa dureza no início da vida paulistana, nossas amizades e implicâncias, procurei o seu ombro quando precisei, e ele quando precisou se valeu do meu.

Essa coluna era para falar do livro *Muita sorte, pouco juízo*, que o jornalista José Roberto Alencar, o melhor repórter do país, está lançando, seu segundo livro, e, como o primeiro, uma delícia de texto. Fugi do assunto principal, porque só tem uma coisa melhor que o texto do Alencar: é a amizade do meu amigo Zé Grandão.

22/6/2002

A casa da minha infância

Tem certos dias em que a solidão convoca uma assembléia geral da minha vida. Eu nem vacilo, pego o carro, deixo para trás stress e infovidas, atravesso fazendas e herdades e, depois delas, a montanha.

Ah, esse mergulho no tempo, nas lembranças, esse revolver de emoções tão soterradas pelo burburinho infernal das metrópoles e pelo ritmo dos tempos.

As lembranças vão enchendo o *buffer* da memória e corro para chegar à cidade antes que amanheça e que o sol espante a magia. Chego ao jardim, reformado de acordo com o projeto original, e espreito os fantasmas que saem da bruma de uma noite fria. Dispo-me, então, das pompas contemporâneas, e entro na casa que não mais havia.

Lembro-me do quartão do fundo, onde abrigava minha solidão de recém-saído da infância buscando ansiosamente o mundo através das ondas curtas de um rádio de rabo quente. Ou o barracão que registrou momentos de festa. Ou ainda o outro quarto do quintal onde, em um período qualquer da minha infância, seu Oscar tentou fabricar a linha de perfumes Temarelu (de Teresa, Maria Regina e Luís). E ainda o telhado de fora, onde eu subia com um cavaquinho e despejava versos improvisados nas irmãs e primas mais novas.

Lembro-me especialmente das festas de Natal, em que se juntavam nossa família e a da tia Rosita. As primas preparavam prendas e missões que eram sorteadas. Ao meu pai coube dançar tango. Ao doutor Fabrino, que fora passar a noite conosco, um discurso sobre Papai Noel.

Mas as lembranças não param e, antes que pudesse sorrir da cena, desaba sobre minha memória o último contato com a casa. Hoje em dia anda meio largada, e me provoca indagações de antigamente. Nem me lembro de quem meu pai a adquiriu, logo que casou, antes de eu nascer, acho que de um senhor que enviuvou. Num dia qualquer de 1974 mudou de mãos, passando para novos donos. Era mês de julho, deixei São Paulo, onde morava desde 1970, subi a montanha e olhei pela última vez a casa, vazia, sem móveis, sem vida, enquanto o caminhão levava a mudança e o desgosto de dona Tereza e seu Oscar rumo à metrópole.

Até alguns anos atrás, quantas noites atravessei com pesadelos, com aquela imagem da casa vazia, sem vida, me atormentando o sono, sempre prenunciando alguma notícia ruim que viria em seguida.

Mas é nas sombras das árvores do jardim do Pálace, projetadas pela luz de uma lua forte, que revejo a casa, meus mortos mais amigos, a minha afinidade mais constante, em plena noite fria e remendada pelo infinito de tantos momentos. Aí o portão dos tempos escancara e eu me vejo infante e antigo.

Vejo dona Tereza mais nova do que hoje sou, e seu Oscar, que deveria ter a idade que hoje tenho. E essa invasão das fronteiras do tempo mistura tudo, dos conflitos que, adolescente, tive com meu pai para, em seguida, vê-lo de agora. E relembro da angústia, da crise financeira da Farmácia Central, herança da grande recessão da segunda metade dos anos 1960, da impotência em não poder ajudá-lo mais do que metade do salário que ganhava em início de carreira.

Lembro-me mais, de uns dez anos atrás, em que sonhava com ele, tentando aconselhá-lo a reestruturar a farmácia, a reduzir o número de funcionários. E ele, no sonho, me dizendo angustiado que não podia dispensar o Rafael, a Neusa, o Januário. Depois, um tempo depois, lembro-me encontrando o filho do Rafael, que trabalhou com seu Oscar mais de trinta anos, para me comunicar que o pai havia morrido e que, pouco antes de morrer, sonhara com o antigo patrão angustiado, pedindo que o ajudasse a sair da crise. A data batia com a do meu sonho.

Assim, vou dispondo as lembranças como minha mãe escolhia arroz com as mãos. Separo mágoas vagas e concretas, as pedras das incompreensões. Aos poucos, a casa vai se povoando, ganhando vida, e a alma sendo acalmada. E limpos o arroz, a alma e a mente, o coração explode finalmente, pacificando as emoções.

23/8/2003

O movimento ritual das lembranças

Há uns 12 anos fui a um terapeuta indicado por uma amiga. Ele trabalhava com uma técnica desenvolvida a partir dos anos 1950 nos Estados Unidos. Partia-se da constatação de que cada trauma de vida, cada momento infeliz, gerava tensões no corpo, naquela rede de vida e energia que envolve os ossos, o sangue e os mantém sob a pele. À medida que o terapeuta identifica e vai desmanchando os nós, as lembranças afloram com a força de um furacão, como se os fatos fossem da semana anterior.

Em alguma parte do corpo tenho os nós da última visita à casa de infância. A mudança já tinha vindo com minha família para São Paulo. Eu já estava aqui há alguns anos. Saí de São Paulo no sábado, para minha despedida solitária. Cheguei a Poços, entrei na casa, passei por cada cômodo vazio, contemplei cada vestígio de lembrança, pensei nos velhos deixando toda sua história para trás e chorei em cada sala, em cada quarto e no quintal silencioso. Até algum tempo atrás, o fantasma da casa vazia me acompanhava nos meus piores pesadelos.

Certamente, o terapeuta encontraria os nós da noite que varei na estrada, com meu primo Oscar, vindo de Poços para um Pronto-Socorro da rua Ribeirão Preto, em São Paulo, onde meu pai estava internado com um AVC grave. Parte dos nós se formou na entrada da UTI, quando ele via em cada pessoa da sala, em mim, na Regina, o vulto dos irmãos falecidos. Chamava-nos de Felipe, Clara e Rosita.

Muitos nós se formaram na manhã seguinte, quando fui até nossa casa pegar seus documentos. Não há impotência maior do que invadir o dia-a-dia de uma pessoa abatida por morte ou doença grave. É como se captasse as últimas esperanças antes da desgraça; ou os últimos sinais de desespero antes da tragédia. E que ambos não servissem mais para nada.

Abri sua carteira, olhei os documentos, o pequeno patuá que alguém lhe deu para espantar o azar, a carteira de trabalho, o *hollerith* com o último salário. Encontrei o carnê do primeiro patrimônio que ele começava a tentar comprar, depois de perder os bens de toda uma vida: uma linha telefônica. Fui até o guarda-roupa para apanhar algumas camisas. Estavam lá, todas impecavelmente brancas, impecavelmente limpas.

Outros nós se incrustaram na alma, quando, anos depois, o internei em uma Clínica de Saúde, para preservar dona Tereza, supondo-o tendo perdido completamente a razão. Mas voltei no dia seguinte para retirá-lo e trazê-lo de volta ao lar.

Haverá nós da última noite de dona Tereza. Das onze da noite da véspera, quando me deu uma bruta ansiedade e passei na Beneficência para o que nem supunha fosse a despedida. Até o telefone que tocou de madrugada do hospital, e que pela primeira vez não me acordou, eu que passava noites sobressaltado com campainhas de telefone me convocando para levar dona Tereza ao Incor. Nós e nós quando cheguei ao andar e minhas irmãs me olharam com olhos de "acabou". E outros nós quando, no velório, contemplei os olhos sofridos de vó Martha, cuja dor de mãe jogava para segundo plano dores de filhos e irmãos.

Certamente um dos nós será para Luizinha, quando, aos 12 anos, soube da separação, silenciosamente desceu ao seu quarto e montou um quadrinho com fotos do pai e da mãe e colou no seu quadro de avisos. E outros para Mariana, nas duras conversas para ajudar a arrancar a angústia que sufocava seu coração de adolescente.

E aí me dou conta que felizes são aqueles que conseguem, no dia-a-dia, sufocar esse inventário de pequenas e grandes tragédias que acompanham todas as pessoas. Muitas vezes os nós vêm como armadilhas, como laços amarrando para sempre vontade e futuro à celebração soturna de cicatrizes abertas. Ou então estimulando o sentimento destrutivo da autocompaixão ou, pior, do arrependimento.

Para mim são lembranças fundas, que vêm me visitar vez por outra, quando os fins de semana são um pouco mais vazios, e as saudades um pouco mais apertadas. Convivo com esses fantasmas quando descem do sótão da lembrança, acolho-os, abrigo-os ao som de uma música adequada. Depois, com toda gentileza despacho-os de volta ao seu espaço, ajudado pelo ritmo piedoso da semana de trabalho, que impede a cabeça de surfar pelas ondas das más lembranças.

Meu receio é na hora da partida, os fantasmas surgirem e, valendo-se da fraqueza dos moribundos, entrarem travestidos de remorsos ou arrependimento. Até lá, creio que serão exorcizados para sempre das lembranças, e apareçam apenas como inspiradores de reencontros, que só a partida permite.

22/4/2007

Os dobrados de Poços

Não posso dizer que Wilson Danza e eu fôssemos amigos. Companheiros éramos, sem dúvida. Mais que isso: éramos colegas da divisão de pífaros da gloriosa Banda do Colégio Marista, no início dos anos 1960.

Wilson era bom de música. Quando entrei na banda, com 11 anos, ele, com 12, foi incumbido de me ensinar os 22 ou 23 toques da banda. Ensinou-me um a um, do "Semper Fidelis", de John Philip Souza, ao nosso "Capitão Caçula".

Em pouco tempo dominava os toques. Em vez de se sentir ameaçado, Wilson contava para os mais velhos os feitos do seu "discípulo". Era uma alma generosa desde menino.

Tínhamos outro ponto em comum na ojeriza radical às aulas de educação física. Tínhamos que ouvir o professor Natalino berrando: "Quero ver quando vocês forem mais velhos e alguém mexer com a sua mulher. Vão fazer o que? Jogar um livro de latim nele?". Os dois, moleques, nos entreolhávamos e falávamos baixinho: "Ué, será que o professor Natalino ainda não foi comunicado da invenção do revólver?"

Depois da formatura no ginásio, nos cruzamos em algumas serenatas, eu com minha turma, o Wilson invariavelmente tocando flauta em duo com o saxofone do Paim.

Em uma noite, ao final da serenata, compartilhamos sonhos comuns no banco do jardim do Pálace, em frente ao coreto onde, aos domingos, se apresentava a Banda do Maestro Azevedo. O sonho era sair de Poços para estudar. Mais tarde, voltar para Poços, compor dobrados e tocar na banda.

Em 1966 fui estudar em São João da Boa Vista, Wilson seguiu para Belo Horizonte para cursar medicina. Perdemos contato até um dia de julho de 1974, quando decidi aceitar convite de amigos e ajudar a fundar o *Jornal da Mantiqueira*, em Poços. Tirei um mês de férias da *Veja* e fui passar duas semanas em Poços.

Um dia entrou no jornal o velho Walter Danza, pai de Wilson, amigo da minha família, ex-funcionário da Panair do Brasil. Estava desnorteado. Contou aos prantos que o filho fazia residência médica, quando foi incumbido de uma necropsia. Abriu o cérebro do cadáver sem se proteger e só então percebeu que o sujeito tinha doença contagiosa letal. O Wilson se deu conta, na hora, de que estava condenado. Passou os últimos dias de vida redigindo um trabalho médico sobre seus sintomas. Morrera alguns meses antes.

Durante dias, seu Walter Danza apareceu no jornal, perdido, acompanhado pelo também desnorteado Edmundo Cardillo, mestre maior de Antonio Cândido, flautista emérito, na casa de quem Wilson praticava música.

Muitos anos depois, já em meados dos anos 1990, fui a Belo Horizonte e encontrei-me com meu primo Oscar, físico da UFMG. Por aqueles dias o Julinho, de Poços, colega de Wilson, estava preparando uma homenagem da faculdade de Medicina a seu ex-aluno — falecido vinte anos antes.

Fiquei comovido com a maneira como a memória de Wilson se perpetuara na faculdade. Houve show com músicas que compôs na época. Nem sabia que ele era compositor. Em Poços, sempre fui mais cara-de-pau de me apresentar em festivais de música. O Wilson estava sempre na dele, discreto, revelando seu talento para poucos.

Preparei um depoimento pessoal sobre ele, que entreguei ao Julinho. Depois, pelo Oscar, soube que sua família tinha recuperado os dobrados que o Wilson compusera e os estava encaminhando à Banda do Maestro Azevedo. Quando Oscar me contou, balancei. Lembrei-me das conversas adolescentes, do pacto da madrugada e fiquei surpreso em saber que Wilson cumprira a sua parte. E eu não.

Anos atrás, quando a Banda da Polícia Militar de São Paulo gentilmente executou o meu "Dobrado das Raças do Brasil", sob os acordes fiquei pensando como, na vida da gente, existem pessoas que passam de leve, de manso, sem forçar, e acabam deixando recordações para o resto da vida. E conjeturando se, daqui a algumas décadas, os acordes dos nossos dobrados estarão presentes no repertório da Banda do Maestro Azevedo, celebrando um pacto de adolescentes sonhadores em uma madrugada fria de Poços.

28/4/2007

O ritual de Finados

A proximidade de Finados traz à tona lembranças de perdas e recomeços. E me lembro do Finados de 2003. Um conjunto de circunstâncias me trouxe de volta a Poços de Caldas justo no Finados. Meus mortos queridos estão espalhados. Em Poços estão as tias Rosita, Marta e o tio Léo, e meu avô paterno Luiz e tia Tata, que não conheci. Perto daqui, em São Sebastião da Grama, minha avó Martha, minha tia-avó Mariana, algumas tias-avós, e meu avô Issa, figura referencial em minha vida. Em São Paulo, meus pais.

É estranho esse ritual da morte. Minha mãe tinha hipercolesterol, sua contagem chegava a mais de oitocentos. Em 1977 foi se consultar em um convênio, conheceu o Zé Renato, da equipe do Sérgio Oliveira, que a levou dali para a UTI e para uma operação de safena. Em 1982, outra cirurgia, e as mãos mágicas do Sérgio lhe deram mais sete anos de sobrevida.

Depois disso, praticamente a cada mês, dona Tereza tinha uma crise cardíaca. Mudei-me para seu prédio, na Abílio Soares, para poder estar perto dela e de meu pai, derrubado por um derrame.

O telefone tocava, muitas vezes de madrugada, eu me trocava, pegava o carro e a levava ao Incor. Chegávamos, ela ia para a maca, me chamava, me fazia uma declaração de mãe, e nos despedíamos sem saber se nos veríamos mais. No dia seguinte ela se recuperava da crise e voltava para casa. Depois disso, até a crise cardíaca seguinte ficávamos quase sem conversar, embora nos víssemos diariamente.

De um lado, as rotinas me tornaram um obcecado com telefone. Tocasse, a que horas fosse, me levantava correndo para atender. Quando viajava, ligava para saber como estava. Quando chegava de viagem, também. Eram conversas curtas, quase secas, desde um dia qualquer da minha mocidade em que seu excesso de interferências em minha vida me fez construir algumas barreiras defensivas. De outro lado, a rotina das idas ao Incor criavam a sensação de que ela sempre voltaria, que a última crise sempre seria adiada.

A última crise aconteceu um ano depois da morte de meu pai, um enfarte com embolia pulmonar. Alguns meses antes, dona Tereza havia procurado médicos para saber da possibilidade de uma terceira cirurgia. Disseram-lhe que não era mais possível, o colesterol já tinha se espalhado por todo o organismo. Subiu até meu apartamento, sentou-se na minha cama e me contou. Ouvi quase com indiferença, como se fosse a repetição do ritual de entrar e sair da crise. Não sei se autodefesa, não sei se o fato de ter me acostumado com a rotina das crises, não sei se a dificuldade extrema de aceitar a morte, não me deixavam assimilar um desfecho mais que previsível.

Na noite em que ela se foi saí da televisão e passei no hospital. Ela estava dormindo. Acariciei seu rosto, ela abriu os olhos e me olhou com um olhar terno e surpreendentemente calmo.

Fui para casa dormir. Pouco depois da meia-noite ela se levantou, passeou pelo corredor do hospital. Era a visita da saúde. Faleceu às três da manhã. Naquela noite o telefone tocou, tocou, e, pela primeira vez, não acordei. A empregada precisou bater na porta do quarto. Foi a mais brutal sensação de perda que já tive, como se tivesse amputado um braço, e continuasse sentindo-o. Nos meses seguintes, voltava das viagens e me via buscando o telefone para ligar para ela. Nos domingos, acordava pensando no almoço de família, e ela não mais estava entre nós.

Agora, em São João, me encontro com o Nelsinho Nicolau e recordamos o bilhete que ele me mandou me confortando, e me narrando sua experiência com a morte de seu pai.

No início, é aquele vazio dilacerante. Depois, na medida em que o tempo vai passando, as dores começam a cicatrizar. Mais à frente, vão se reconstituindo, pedaço por pedaço, sentimentos, lembranças, histórias. E vai emergindo não mais uma lembrança, mas uma presença muito mais intensa e permanente do que as nesgas de convivência que o ritmo frenético das metrópoles nos impõem.

Agora, sob o céu estrelado e o clima ameno de Poços, me recordo dos meus mortos com sensação de calma, de alma pacificada. Aí olho para minhas menininhas e me maravilho com o milagre permanente das gerações.

1/1/2003

Dona Tereza

Chego em Joinville para uma palestra. Hospedam-me em um hotel novo da cidade. Da janela do quarto avisto o hotel mais antigo, de arquitetura claramente alemã, onde me hospedei em 1989, em uma das primeiras palestras que dei por lá.

Na época, estava no restaurante almoçando e liguei para minha irmã Fátima, para saber de dona Tereza. Havia quase um mês ela estava na Beneficência, internada, tentando encontrar uma saída para seu coração. O hipercolesterol já tinha tomado tudo.

Uns meses antes ela subiu ao meu apartamento, na Abílio Soares, no mesmo prédio do seu. Eu já estava deitado. Ela entrou no quarto, sentou na beirada da cama e me contou que tinha ido procurar o dr. Sérgio Oliveira, que já a havia operado duas vezes, implantando pontes de safena. Desta vez o diagnóstico tinha sido terrível: não havia mais o que fazer. O colesterol havia finalmente vencido a batalha.

Os olhos de dona Tereza eram vivos, nervosos, de quem não queria aceitar o veredicto. De minha parte, estava estranhamente ausente, não conseguindo assimilar o que ela estava me contando. Em suas crises de angina, tantas e tantas vezes a conduzira ao Pronto-Socorro do Incor, tantas e tantas vezes ela se despedia de mim, como se não fosse voltar, e tantas e tantas vezes superava o problema, que achava que a rotina se repetiria eternamente.

No fundo era uma fuga terrível da realidade, como acontecia agora, quando a Fátima me contava que nossa irmã Inês tinha ouvido de uma das médicas que dona Tereza estava em estado terminal. Desliguei o telefone como se tivesse recebido um choque elétrico e, imediatamente, liguei para o dr. José Renato, que a atendia desde 1977.

Ele me assegurou que ela superaria mais essa. Aceitei de pronto sua opinião, e nem me dei conta que ele não mais falava como médico, mas como filho. Na primeira vez que dona Tereza foi consultá-lo, ele, em começo de carreira mas já pertencendo à equipe de Sérgio Oliveira, percebeu que o caso era grave, e a internou imediatamente no Hospital das Clínicas para a primeira cirurgia de safena.

Depois disso, tornou-se não apenas seu cardiologista permanente, como segundo filho. Todo Natal, ela vinha me pedir alguma garrafa de uísque para presentear o Zé Renato. Quando fingi ridicar, ela caçoava, que estava com ciúmes dele.

Se passou a considerá-lo como a um filho, também ele ganhou uma mãe. E era o filho esperançoso que me assegurava que ela superaria mais essa crise, não o médico.

Na sua última noite, terminei o programa de televisão e, não sei por que, deu uma baita vontade de visitá-la no hospital. Estava fora do horário de visita, mas, cativadas pela dona Tereza, as enfermeiras permitiam entradas rápidas.

Fui até sua cama, estava dormindo, meio dopada pelos medicamentos. Dei um beijo leve na sua testa. Ela abriu os olhos, meio dormindo, meio acordada, e me presenteou com um sorriso.

Fui para casa e, naquela noite, pela primeira vez, o telefone não me acordou. As sucessivas crises de angina de dona Tereza tinham aguçado meus ouvidos para qualquer barulho de telefone. Ameaçava tocar, já atendia.

Naquela noite quem me acordou foram batidas na porta do quarto, pela empregada. Abri, e me disse que minhas irmãs tinham me pedido para ir ao hospital. Dona Tereza falecera às três da manhã. Depois de minha passada por lá, ainda se levantou, horas depois, andou pelo corredor, cumprimentou as plantonistas. Depois, morreu mansamente.

Ainda hoje me recordo da cena, em casa de manhã, acordando a Mariana, que dona Tereza garantira ter conhecido em vidas passadas, ela que nunca foi dessas crenças. Demos o banho na Maricota, com 9 anos, contamos da avó e pedimos que não chorasse. Ela engoliu o soluço e pediu para não cumprir o conselho.

Naquela noite, pelo menos quatro pessoas da família sonharam intensamente com ela. Duas irmãs, a prima Terezinha, lá em Poços, a prima Rosa Maria, em Belo Horizonte. Levou muito tempo para que dona Tereza abrisse mão de sua sede de viver.

Ainda hoje, é a presença mais constante, a referência mais influente, em toda a rede familiar, de suas irmãs e sobrinhos de sangue aos sobrinhos que ganhou por conta do seu Oscar.

Guastavino e o culto da gentileza

Quando a babá empurrou a Bibi para me mostrar o trabalho da escola, admito que meu coração mineiro bateu mais forte. Especialmente quando ela se define como uma "menina gentil", que falava bom dia e boa tarde e tinha um porteiro muito amigo dela. Ela tinha apenas 6 anos.

Conferi ao sair de casa e levar ela e a Dodó à aula de natação. Dobramos a esquina da rua Pernambuco, entramos na Rio de Janeiro e estava lá, no prédio de esquina, o porteiro abanando a mão para as duas. Já se tornaram amigas de todas as pessoas que fazem ponto no trajeto da escola à nossa casa. No apartamento anterior, desciam a Rua Sergipe, davam uma entradinha no salão de manicura, cumprimentavam as moças, uma a uma. Andavam mais um pouco, cumprimentavam o "vozinho", um senhor aposentado que fica sentado em uma banca de revista da esquina da Veiga Filho. Cumprimentavam o jovem dono da banca. Quando chegavam ao prédio, diziam "boa tarde, seu Manuel", para o porteiro.

Aí caiu a ficha sobre o significado desse valor tão menosprezado nos dias correntes: a gentileza. Meu pai era um poço de gentileza, capaz de conferir o mesmo tratamento ao lixeiro e à personalidade. Seu círculo de amigos era formado apenas por pessoas gentis, de todos os círculos sociais. Trata-se de um valor tão suave que não nos damos conta de seu enorme poder de atração dos iguais. Eram amigos de papai o Dr. Martinho de Freitas Mourão, médico, ex-prefeito de Poços, um poço de gentilezas, como o professor Antônio Cândido, o Chafik Frahya, o ex-ministro da Cultura Aluízio Pimenta, o Sebastião Menelau, e outras pessoas que freqüentavam diariamente a farmácia, algumas atrás de remédios, todas atrás de bom papo. A gentileza se manifesta não apenas nos gestos, no cerimonial, mas na voz baixa, na maneira de ouvir o interlocutor, sempre valorizando o que diz, na paciência em ouvir queixas, no princípio sagrado de sempre retribuir outras gentilezas. E me dou conta de que não herdei esses atributos do meu pai. Sou por demais egocentrado, distraído, dispersivo para fazer parte do clube refinado das pessoas gentis. Mas a Bibi, não. No dia 25 de março de dois anos atrás, mandei-lhe um poema por e-mail: "Estava sozinho na vida, / Com dores no coração, / Quando um anjo atrevido / Me procurou algo aflito / Com um bilhete esquisito / Trazendo uma predição. / Em breve seriam minhas / A capetinha Dodô / A madaminha Bibi / E Clara, sua sobrinha". Bibi não deu sossego à baba Tati. Queria aprender como se faziam poemas. A Tati passou uma receita simples. Que se lembrasse de alguma poesia que lhe contaram na escola, mudasse as palavras e pensasse em alguém para oferecer. Ela baseou-se nos dois primeiros versos de que se lembrava e me deu esse presente:

Alto mar uma canoa
com o papai navega
Alto mar uma canoa
papai navega com Bibi
Alto mar uma canoa
Bibi faz declaração maior que o mar
É o amor que pelo papai eu sinto.

Beijos da Bibi

E, de gentileza em gentileza, cheguei ao tema da minha crônica: Carlos Guastavino, o mais gentil dos compositores. Nascido em 1912 em Santa Fé, a mesma cidade em que meu pai nasceu quatro anos depois, falecido em 2000, Guastavino tornou-se internacionalmente conhecido quando Martha Argerich e Nelson Freire arrebentaram com "Bailecitto", dele.

Aproveitei minha última ida a Buenos Aires para adquirir tudo o que pudesse de Guastavino. Tem uma obra pianística de primeira. Mas seu pai musical atende pelo nome de Heitor Villa-Lobos. Tem um conjunto de peças de piano claramente influenciadas pelas cirandas de Villa-Lobos, e algumas canções românticas (como o clássico "La Tempranera"), da mais genuína escola brasileira da canção, uma peça à altura de Heckel Tavares ou Tom Jobim pré-bossa nova. Seu romantismo não é piegas, exagerado. Pode ser intenso, como em "La Tempranera", mas no geral é leve, lírico. E por que essa relação com os amigos de bairro da Bibi e da Dodó? Porque uma das partes mais linda de sua obra são as peças dedicadas aos seus amigos do dia a dia, a "Ludovina", "Horácio Lavalle", "Pablo del aeroparque",

"Alina, de la calle Lacroze", "Cassandra, de la calle Galileo". Como diria Chico Buarque, com suas definições definitivas, trata-se de um poço da delicadeza, que me ajuda a entender as raízes santafecinas de seu Oscar.

2003

Lembranças de seu Oscar

Recebo e-mail de Marcos Ritel Franco.

"Caro Luís Nassif,

Comecei a ler "Guastavino e o culto da gentileza" e fiz uma viagem pelo tempo, por volta dos anos 1970. Lembrei-me que, um dia, um menino de 13 anos entrou em uma farmácia, na rua Assis Figueiredo, deparou-se com um senhor e lhe pediu trabalho. Talvez o senhor nem estivesse precisando, viu no menino, entretanto, uma necessidade tamanha que não conseguiu dizer-lhe não. Após contratá-lo, percebeu logo que este não realizava suas refeições no horário de almoço. A partir daquele momento até a venda da farmácia, na hora do almoço, dirigiam-se os dois para sua casa, ele, com o jornal embaixo do braço, e o menino, com as baguetes na mão. O menino passou a partilhar a mesa com a sua família, sem que houvesse, contudo, diferença alguma.

Não sei o porquê, mas ele sabia que, com o seu gesto, ele estava tirando um menino das ruas e dando a ele o sentido de família. O menino cresceu, virou industrial, fazendeiro e construtor, mas permaneceu, sempre em sua memória, o

> *gesto de bondade daquele homem. Fica uma grande vontade de dar-lhe um forte abraço e dizer-lhe obrigado, meu grande amigo, Oscar Nassif".*

O e-mail me pegou meio de guarda baixa. Há tempos não me debruçava sobre as lembranças antigas, andava meio afastado do seu Oscar, que se foi em 1988.

Não cheguei a conhecer o Marcos. Em 1966 saí de casa para estudar em São João da Boa Vista, dali em 1970 para São Paulo. A farmácia foi vendida apenas em 1974.

O distanciamento de meu pai, forjado na minha adolescência, persistiu pelo resto da vida. Quando chegou em São Paulo, depois de ter perdido tudo em Poços, fiquei ao seu lado, antes e depois do derrame que o vitimou. Mas nunca houve a derradeira conversa, nunca soube muito mais do que minhas tias, suas irmãs, me contavam, ou minha mãe deixava escapar.

Sabia que era generoso. Soube mais depois, quando me contaram que na esquina da rua Rio de Janeiro com a Assis Figueiredo havia uma disputa para saber, entre ele e o velho Zé Prézia, quem era o mais generoso. Ninguém saía sem remédio da farmácia, mesmo não tendo dinheiro.

Minha mãe comentava às vezes sobre sua generosidade, mas com uma admiração contida, fruto de uma mal-disfarçada disputa que acomete casais nos quais as duas partes têm temperamento forte.

Comecei a recuperar a memória do seu Oscar depois da sua morte. Foi o Ari Bolão, amigo de infância do Mauro Ramos de Oliveira — o grande capitão da Copa de 62, também amigo do velho

— quem me contou que meu pai o viu jogando bola menino ainda, pés descalços, trouxe-o para a farmácia como ajudante. Depois financiou todos seus estudos até a universidade.

Anos depois, no Pálace Hotel, o porteiro do balneário me contou que certa vez parou na frente da farmácia, e ficou vendo os brinquedos expostos na vitrine. Meu pai o chamou, perguntou se queria algum. Era véspera de Natal. Ele respondeu que queria dar de presente aos filhos, mas estava sem dinheiro. Seu Oscar respondeu que presente de Natal era mais importante que remédio. Mandou-o escolher os presentes e que pagasse quando pudesse.

Há uns dez anos, recebi um telefonema de um pipoqueiro que tinha ponto em frente ao cine Gazeta. Me contou que mudou-se menino para Poços. Tinha um problema motor que o impedia de falar. Era início dos anos 1970, meu pai já envolvido pela crise financeira que o vitimaria. Pois pegou o menino com seu carro, trouxe até a Beneficência, em São Paulo, pagou o tratamento e, depois que o menino melhorou, comprou para ele um carrinho de pipoca.

São incontáveis as histórias. E ele não contava para ninguém, sequer para os filhos. Ao mesmo tempo, tinha total incapacidade de lutar por seus direitos. Ficava esperando gratidão, reconhecimento das pessoas.

Hoje fico pensando em quantas pessoas, a exemplo do Marcos, ele conseguiu encaminhar apenas à custa de uma gentileza, de uma atenção ou, como no caso do Ari Bolão, de ajuda sistemática até a universidade. E fico mais convencido que nunca da força irresistível da gentileza como agente transformador de pessoas.

24/6/2007

Os 90 anos do seu Oscar

Nesta sexta-feira o senhor estaria completando 90 anos. Há duas semanas, no Réveillon em Poços de Caldas, encontrei o Izaías Almeida, o grande bandolinista de São Paulo. À tarde fomos à casa do tio Léo, que o Oscarzinho, seu sobrinho, adquiriu para passar as férias. Lá, tivemos uma autêntica roda de choro, com o Izaías ao bandolim, um amigo ao pandeiro, o Oscarzinho no violão, o Léo, seu filho e meu afilhado no clarinete, e eu no bandolim, entrando de vez em quando para não estragar o prazer geral de ouvir o Izaías.

Antes de chegar à casa do tio Léo, olhei de perto a nossa casa, na Rio de Janeiro 550. Está pintada de novo, uma cor meio amarela, estranha. Mudaram pouco a fachada, depois que a adquiriram. E aí me dou conta de que o senhor a vendeu a longuíssimos trinta e tantos anos. Ou seja, os novos moradores têm mais tempo na nossa casa que nós mesmos tivemos.

Fiquei meio perdido neste sábado, sem saber o que fazer, com seus 90 anos ecoando na minha cabeça. Andei propondo uma reunião familiar para comemorar os 90 anos, mas não deu muito certo. Muitos não tinham como ir a Poços. O ritmo pesado de trabalho, já nesse início de ano, impediu que organizássemos um encontro aqui mesmo. Além disso, é meio estranho comemorar mortos, porque poucos da família herdaram o hábito da missa. Pensei em pegar as menininhas, que não o conheceram, e levá-las ao cemitério, para ver seu túmulo e o de mamãe. Mas achei meio tétrico.

O curioso é que elas falam do senhor e da mamãe como se os tivessem conhecido desde sempre. Toda noite a mãe coloca um "anjinho" nelas, para ajudar no sono. Quando estou em casa, a responsabilidade é minha. Outro dia colocava o "anjinho" na Dodó, quando ela disse para eu esperar um pouco, que ela estava rezando para a vó Tê e o vô Oscar, assim mesmo, do jeito que as netas mais velhas os chamavam. O senhor e a mamãe estão íntimos das menininhas. Das meninonas, nem preciso dizer. Apesar do pouco tempo de convivência, elas os guardam no coração, assim como aos avós maternos.

Pensei em procurar seus antigos amigos neste sábado, mas também acabei afinando. O professor Antonio Cândido acabou de enviuvar. Me ocorreu de procurar meu padrinho, o Fuad Nader, ou alguns dos "turquinhos", os internos do Colégio Marista, que a colônia libanesa despejava em Poços, e depois pedia para o senhor tomar conta. Mas também não me animei.

Os demais amigos já se foram. O seu Zeitune já faleceu há algum tempo, o seu Jaime provavelmente também. Em Belo Horizonte tem o Aluízio Pimenta que está vivo e todo pimpão, casado com uma moça bem mais nova do que ele.

No Réveillon, pensei em visitar as viúvas do dr. Martinho e dr. Rowilson, mas não arrumei tempo. Mergulhei na biografia do embaixador Moreira Salles e, confesso, desta vez procurei as velhinhas em Poços para falar dele, não do senhor. Mas passei pela Farmácia Central, que foi adquirida pelos filhos do Cyrillo, da Drogaria Rosário.

Na rodada na casa do tio Léo, toquei a valsa que compus para o senhor e a mamãe, o "Oscar e Tereza". Andei arriscando um pedaço de letra, falando de paixões e desencontros, de reencontros tardios e daquele um ano de saudade lancinante que acometeu mamãe depois que o senhor se foi. O Izaías se encantou com a música e está feito sarna atrás da partitura. Acabo de mandar por e-mail e, em breve, sua música estará em mãos muito mais talentosas que a minha.

Cá para nós, julgávamos que, depois que o senhor se foi, mamãe teria um tempo a mais de vida para poder aproveitar, porque seus últimos 15 anos foram pesadíssimos para ela. Mas mamãe não quis esperar nem um ano para ir atrás. Deixou por aqui os filhos, netos, e a paixão que tinha pela vida, porque a saudade não mais a abandonou depois que o senhor partiu.

Por aqui os filhos vão amadurecendo com dignidade, os netos crescendo, a única bisneta está linda como a mãe. Todos mandam lembranças. Todos herdaram do senhor os modos mansos e educados de falar, de respeitar as pessoas, de pensar no Brasil.

4/1/2006

Os 10 anos de Bibi

Eram tempos de guerra, de temporais, tempos de desassossego. No início de setembro uma amiga me disse que tinha sonhado com meu tio Léo — que havia falecido anos atrás. Estranhei. Ela nem chegara a conviver com ele. Mas o recado era claro: no dia 20 de setembro viria uma notícia que mudaria minha vida.

Pensei em alguns projetos que apresentara ao seu Frias, ao próprio Roberto Civita, que me convidara para um almoço na Abril. A internet estava começando e tinha algumas idéias que poderiam dar certo. Apresentei-as e fiquei aguardando um retorno.

No dia 19 rumei para Ribeirão Preto, com três objetivos. O primeiro, profissional, era dar uma palestra. O segundo, me encontrar com a Ruiva, que conhecera alguns meses antes. O terceiro, ir à Faculdade de Farmácia, onde a Ruiva fazia seu mestrado, e levantar o histórico escolar de meu pai — que se formara lá na segunda metade dos anos 1930.

A Ruiva foi me esperar no aeroporto. Reparei que estava mais bonita, mais viçosa. Perguntei o que estava acontecendo e ela me respondeu com olhar comprido.

Fomos à faculdade. Depois rumei para o hotel, tomei banho, ela me pegou e fomos para a palestra. Era minha primeira palestra a que ela assistia. Mas não prestava atenção. Estava distraída, absorta. E assim continuou no restaurante a que fomos, em seguida.

Chegamos no hotel perto da meia-noite. Deitamos. Era meia-noite e pouco quando me lembrei que ela tinha dito que fora ao médico. Perguntei o que tinha ido fazer e ela, nada.

Ironizei: "Vai ver está grávida!" Sua resposta me proporcionou a maior surpresa de minha vida. "Estou."

Mas como assim? A surpresa inundou minha alma, com uma intensidade de um choque de 220 volts. Não tinha dúvidas sobre o que ela dizia, mas, ao mesmo tempo, achava que não podia ter filhos. Tinha uma varicocele forte, que precisaria ter operado muitos e muitos anos antes. Mas quando as primeiras menininhas chegaram em minha vida, pensei prá que? Faz diferença ser pai biológico? Não faz. Então, sem tratamento.

Agora, a notícia me pegava de chofre, um presente que jamais poderia imaginar em toda minha vida: a oportunidade de ser pai de novo. Voltei para São Paulo aturdido, ainda sem acreditar, torcendo para que não fosse apenas um sonho.

A gravidez, a Ruiva passou em Ribeirão Preto, terminando seu mestrado.

Conversávamos todas as noites, discutíamos o nome da criança, curtíamos *O Grande Circo Místico* de Chico Buarque e Edu Lobo. E decidimos pelo nome Beatriz, em homenagem à Beatriz do Circo e ao significado: "aquela que traz felicidade".

Com um ano e pouco Bibi começou a falar, inexplicavelmente, com um sotaque estranho. Um dia chamei minha irmã Fátima, pedi para conversar com a Bibi. A Fátima levou um susto com o sotaque de quem mal sabia pronunciar algumas palavras. Era o mesmo sotaque de tia Rosita, mulher do tio Léo, uma de minhas lembranças mais queridas.

Hoje Bibi completa 10 anos. Dez anos completa uma história mágica. É uma menina meiga, de uma sabedoria ancestral, doce que, aos 5 anos, dizia que seu sonho era ser uma "menina gentil".

Parabéns, Bibi!

3/5/2008

Feliz dia das mães

À tarde foi a avaliação da Dodó, a caçulinha avoada e charmosíssima. Cada classe tem duas professoras, uma que dá aulas em inglês, outra em português. Quando a de português terminou a avaliação, pediu para tirar a "máscara" de professora e falar como mãe. E agradeceu, comovida, o que as menininhas estavam fazendo por sua filha, recém-chegada ao colégio e alvo das hostilidades com que crianças recebem novas crianças no grupo, principalmente se são filhas de "autoridades" — os professores. As menininhas se aproximaram da coleguinha, apoiaram-na. A professora pediu autorização para convidá-las a ir à sua casa.

Dei, com a condição de sua filha vir na nossa.

Voltei para casa pensando não apenas nas minhas menininhas, mas no papel da mãe.

Toda manhazinha, a Ruiva levanta e faz questão de pentear nossas menininhas. Alisa o cabelo, coloca lacinhos, pequenos enfeites, elásticos, cada dia um penteado diferente. No início, as coleguinhas reagiam com alguma ironia. Agora, quando vêm em casa, pedem um penteado para a Ruiva.

Toda noite, as menininhas pedem para ela colocar "anjinhos", para que adormeçam mais rapidamente. A Ruiva coloca os anjinhos, abraça as menininhas até que durmam.

Quando mais nova, a Bibi tinha insônias freqüentes, de "ficar pensando". A mãe passou a colocar anjinhos, o do "bom sono", para situações normais, e o do "bom sonho", para quando a insônia apertasse. Uma vez tentei o do "bom sono", não deu certo; tasquei o do "bom sonho". Antes de dormir, com a voz bêbada, Bibi admitiu: "Esse do bom sonho é forte, papai."

Quando saímos, em restaurantes ou shoppings, é um encanto observá-las. Pode haver dezenas de pessoas em volta, burburinho, conversas, gritos de crianças, latidos de cachorro. Para as menininhas, o foco do olhar é na mãe. É como se nada mais existisse naquele momento, todos os personagens, cenas, objetos não passassem de imagens esmaecidas, circundando o brilho que emana da mãe.

Foi a mãe que lhes passou o gosto pela leitura, ensinou a escolher os autores. É a mãe que cheira no ar os pequenos probleminhas que atravessam e conversa, conversa, conversa, orienta, pergunta, busca saídas. Foi conversando que ajudou a Bibi a sair da concha, a superar sua ultra-sensibilidade e a se tornar uma menina afirmativa, sem ser "achona" — como a própria Bibi faz questão de salientar.

E aí me lembrei dez anos e pouco atrás, a Ruiva terminando o mestrado em Ribeirão, uma mocinha ainda, de 25 anos, chegando do exame de ultra-som — ao que não pude assistir devido ao trabalho. Ela entrou no ICQ e despejou palavras de pura emoção, ela que poucos meses antes sequer imaginara a possibilidade de vir a ser mãe tão cedo. Falava, falava, mandando beijoooooosssss. Tinha se tornado uma mãe completa.

Ontem, no café, como fazem todos os pais, ficamos imaginando o futuro das menininhas. Às vezes me pesa essa obsessão de estar sempre pelejando, a falta de senso prático, esse vício em Brasil que muitas vezes me desvia dos projetos pessoais, o fato de ser um pai-avô, em uma profissão que não costuma dar longevidade aos seus.

Mas, olhando a Ruiva, analisando os valores plantados nas menininhas, a ligação com as meninonas, fico mais tranqüilo.

Feliz dia das mães, Ruiva, com nossas menininhas tão queridas. Feliz dia das mães, Ika, com nossas meninonas tão queridas.

11/5/2008

Conversa ao pé da foto

Recebo carta da prima Terezinha. É manuscrita, apesar de ela possuir e-mail. É típico dela. Em sua escola Criatividade, em Poços de Caldas, que encantou até Paulo Freire, nas aulas de educação física se ensina congada. Recentemente seus alunos levantaram a vida e a obra do maestro Azevedo que, na primeira metade do século, enriqueceu o repertório das bandas da região.

Junto com a carta, ela me envia fotos antigas de Poços de Caldas. Cidades são um espaço no tempo. A minha Poços já não há. A cidade de hoje serve para garimpar os últimos resquícios da cidade que já se foi, na figura dos seus derradeiros moradores.

As fotos, Terezinha obteve com o Décio Alves de Moraes, que se tornou jornalista depois que herdou de meu pai o honroso cargo de repórter amador da *Gazeta Esportiva*. Hoje em dia, é uma espécie de embaixador dos que se foram. Preserva fotos, histórias, recordações.

Na carta, ela fala dos depoimentos que colheu do Toninho Becaro, clarinetista da banda do maestro Azevedo, e do Querô (diminutivo de Querosene), instrumentista da banda e barbeiro mais conhecido da cidade.

Na primeira foto, está a fachada do bar Seregy, do meu avô Issa, ali na rua Assis Figueiredo, ao lado da Drogasil.

Na outra foto, uma reunião dentro do bar, da diretoria da Associação Atlética Caldense com Fernando Alckmin de Barros, que Décio descreve como "a mais alta autoridade esportiva do Estado".

No fundo, de pé, meu avô Issa. Na frente, em primeiro plano, meu tio Leonardo. Seu Oscar não aparece na foto, mas aparece em outra, no campo da Caldense, saudando Alckmin. Junto com as fotos, um recorte de jornal da *Folha de Poços* e a crônica "Conversa ao pé do fogo", onde o velho narra, com a linguagem leve dos cronistas, a maneira como Alckmin foi convencido a ajudar a Caldense a ter sua quadra coberta. A crônica descreve Alckmin no alpendre de uma casa, de onde se avistava a quadra descoberta da Caldense. Só podia ser da nossa casa. O artigo é de setembro de 1956.

Mas são as fotos do bar que me envolvem. Na minha infância, ele parecia maior do que mostra a foto. Era um corredor comprido. Olhando para a rua, do lado esquerdo ficava o balcão com os salgadinhos que tia Deca preparava. Na foto, ao lado da vitrine a tia Sara, novinha, e talvez a tia Marissa. Do lado direito, perto da porta da rua, o balcão circular, onde se servia apenas o cafezinho.

As fotos me remetem às tentativas iniciais da cidade em se organizar como comunidade, depois que o jogo acabou e os cassinos fecharam.

Diligentes cidadãos locais deixavam seu trabalho para se reunir em torno de um projeto de cidade. Vô Issa era presidente da Associação Comercial, seu Oscar, da subseção do Conselho Regional de Farmácia, tio Léo, membro de movimento de pais, nosso vizinho, seu Ferreira, um animador social incansável, todos envolvidos na construção da cidadania que, naquele momento, tinha a forma de uma quadra coberta.

No quarto ao lado, as menininhas dormem tranqüilas, depois de um dia de alegre agitação. Acompanhei a semana das quatro filhas pelo telefone, em meio a viagens intermináveis e à leitura desanimada dos jornais, com as manchetes de um país continuamente errando, sempre caminhando, parando, recomeçando.

Nas fotos de quase cinqüenta anos atrás, o país ensaiava o exercício da cidadania, compartilhava sonhos, os cidadãos locais se organizavam e comemoravam o feito de conseguir uma quadra coberta.

Em que dia, em que lugar, em que momento o país perdeu o rumo? E vem um desânimo quase invencível.

Mas, na semana passada, as menininhas me chamaram para ouvir as músicas que aprenderam na escola. Cantaram "Peixe vivo", "Sapo Cururu", a caçula Dodó garantiu que, nos jogos de futebol, só torce pelo Brasil.

Aí me animo um pouco e as fotos me lembram que, apesar do Copom e da Selic, das CC5 e dos fundos *off-shore*, há uma alma brasileira, que nasce nas escolas e se eterniza no compromisso que temos com os que vieram antes, de não deixar cair a peteca.

13/11/2004

Os Maristas

Vou a uma palestra na Fundação Dom Cabral, em Nova Lima, próximo a Belo Horizonte. Em frente à Fundação, do outro lado do lago que enfeita a paisagem, há um Colégio Marista moderno. Após a palestra, apresenta-se um senhor, ainda jovem, o Provincial, responsável pela província que pega Minas Gerais e alguns Estados vizinhos.

Falo de minha condição de ex-aluno do Colégio Marista de Poços de Caldas, e pergunto de Gonçalves Xavier, ex-reitor dos Maristas de Poços, ex-provincial, irmão com quem travei minha primeira batalha jornalística aos 15 anos. Sabia que tinha morrido alguns anos atrás. O irmão me conta alguma coisa dele.

Confesso que não guardava boas lembranças dos Maristas. No colégio, o clima era opressivo, punitivo e, ao mesmo tempo, exalava um quê de pecaminoso.

É verdade que Poços de Caldas tinha uma situação diferente. O fato de ser uma estação de cura talvez tivesse aumentado a concentração de irmãos mais velhos, mais ranzinzas, menos generosos. Não eram poucos os rumores de pedofilia, mas o assunto era dogma. Um dos irmãos passou por lá, foi para Brasília, levou junto a fama, mas nada ocorreu com ele. Político atuante, dirigente da Banda Marcial, morreu com a biografia oficial impoluta.

Além disso, o culto à Virgem Maria, aquele olho horroroso em cada sala de aula, com a frase "Deus me vê", em nada se assemelhava à maneira leve e moderna com que as freirinhas do São Domingos encaravam a religião.

Pergunto de outros irmãos do meu tempo, como os irmãos de batina e de sangue Brás e Bento, que já morreram. Aliás, morreram quase todos, inclusive meus quatro professores inesquecíveis. E é sobre eles que falo com o jovem irmão.

Dias depois, recebo em casa uma encomenda, um pacote com o dicionário tupi-guarani do irmão José Gregório, o Rosa Branca.

O irmão era descendente de Affonso Penna, um artista nato, pintor primoroso, tanto na aquarela quanto no bico-de-pena, escultor dos maiores, que chegou a montar uma luva de parafina com todas as impressões digitais — para futricar com os espíritas que costumavam apresentar uma luva de parafina malfeita como a prova do espírito que reencarnou, pôs a mão na parafina, e evaporou-se depois, deixando a luva rústica. A do Rosa Branca era perfeita.

Aquele livro Rosa Branca preparava-se para lançar em São Paulo, lá por volta de 1982, quando o encontrei na rua do Colégio São Domingos, voltando para São Paulo. Não havia mais Colégio Marista na cidade e ele se hospedava com as freirinhas. Parei o carro, cumprimentei-o, dei o meu endereço, mas ele nunca apareceu. Anos depois soube que tinha morrido no dia seguinte. Na agenda encontraram anotado o dia e a hora em que me visitaria.

Dentro dos livros, o jovem Marista me mandou as fotos de Rosa Branca e de outros dois mestres preferidos.

Um deles, o irmão Nazário, ou "Sete Dedos", como o tratávamos, foi o professor titular do meu terceiro ano do ginásio, uma luz em minha adolescência atribulada. Aos 13 anos, me chamou para uma conversa a perguntou o que estava acontecendo. Falei pouco, ele entendeu muito, e me disse: "Você é muito novo para estar em uma crise tão brava assim." Durante o ano inteiro, dava as aulas com ar desligado mas me dirigia olhares de alento permanente. Não suportou a estrutura hierárquica dos colégios. Terminou a vida como missionário indígena.

O terceiro era o irmão Paulo Portugal, o Miguelzinho, ou Zatopek, como o chamávamos. Na foto, está mais velho, mais gordo, e com o mesmo sorriso contagiante com que o conheci. Apaixonado por Minas, uma vez me presenteou com uma crônica, "Ser Mineiro", escrita pelo Dario de Almeida Magalhães na revista *O Cruzeiro*.

Até 1964, quando permaneceu por lá, me tentou transformar em seminarista. Desistiu de mim, mas se tornou caçador de vocações. Mudou-se para Patos de Minas, viajava o país todo. Anos atrás, soube dele, e até cheguei a marcar uma viagem para revê-lo. Fui atropelado pelo tempo, e o Zatopek pela vida. Morreu há uns três anos.

Do quarto irmão, o Zé Bento, ou Baiano, não veio nenhuma foto. Era o professor de matemática da quarta série, severo como o diabo, que não se pejou de, por meio ponto, dar bomba para o filho do Xixo, o presidente da Laticínios Poços de Caldas. Consegui passar com ele depois de um ano inteiro de último lugar e indo para as provas finais precisando de 9 em matemática e geometria.

Daqueles tempos, vivo está apenas o Barberé, francês, ex-titular da Banda Marcial. Mas anda muito doente, morando em Uberaba ou Uberlândia.

Fui dormir levando os dois livros do Rosa Branca e as fotos dos demais, que fiquei olhando e relembrando. E só aí me dei conta que o período dos Maristas foi tão traumático para mim, que sequer cumpri um ritual que me acompanhou a vida toda: ir atrás dos velhinhos da minha infância.

O perfume da nossa rua

Recebo e-mail de Teresa, de Poços de Caldas, apenas Teresa. Não a conheço. Ela mora há 41 anos na rua Rio de Janeiro, em Poços de Caldas, onde chegou com 5 anos e de onde me mudei faz 33. Há três semanas sua filha chegou da faculdade e lhe disse que a rua tinha perfume de festa.

A Rio de Janeiro vai dar no largo do São Benedito, onde ficava a nossa casa. As primeiras lembranças eram de casas sem grades, ruas de terra formando um todo único com o largo, no meio do qual estava a igrejinha. A subida mesmo tinha dois quarteirões de cascalho, ótimos para deslizarmos em tábuas ou carrinhos de rolimãs.

Atrás da nossa casa, dando para a rua Prefeito Chagas, e para os fundos da fábrica de doces Mesquita, do meu tio Léo, tinha o morro, nosso lugar predileto para brincar de caubói. Lembro-me dos irmãos Belico — o Lineu e o Paim — indo brincar com a molecada de lá. Eles tinham o "seu" morro, o da Caixa D'água, que lhes dava o direito de saírem à frente dos caubóis, como batedores. O morro da Caixa D'água era infestado de lagartixas, que nossa imaginação transformava em dragões perigosos. Enfrentávamos com machadinhas atiradas em seu rabo. O Lineu explicava que não tinha problema que o rabo nascia de novo, o que aplacava nossa culpa.

Já no morro da Rio de Janeiro com a prefeito Chagas, o "morro da fábrica", a missão de batedor era minha. Ficava preocupado porque não conhecia as brechas do morro a ponto de assumir tamanha responsabilidade.

Depois veio o calçamento. No início, era de paralelepípedos, que eu não gostava porque fazia trepidar a bicicleta. Mais tarde, cada morador tratou de providenciar a sua calçada, e a Rio de Janeiro foi se modernizando.

O morro foi demolido para dar passagem a uma rua que juntou a Rio de Janeiro à Prefeito Chagas. O largo foi cercado, primeiro, e calçado depois. Perdeu as características da minha infância, mas ganhou em formosura. Os paralelepípedos foram substituídos por asfalto.

A esta altura, lá por volta de 1967, já estudava em São João da Boa Vista, mas a cabeça estava longe, deixara de acompanhar os movimentos de Poços, com aquele senso de detalhes que apenas cabeças de criança conseguem captar. Por isso, perdi um bom momento, que foi o processo de formação da comunidade da rua Rio de Janeiro.

Conhecia os vizinhos próximos, não todos mais, depois que a cidade cresceu para aqueles lados. Mas o ponto de inflexão que marcou o início da comunidade me foi contado pela Teresa no seu e-mail. Com o asfalto, veio para o morro a velocidade dos carros da cidade. A nova rua aberta tornou-se perigosa, uma ladeira brusca que desembocava repentinamente na Rio de Janeiro.

Aí, me conta Teresa, meu pai fez um movimento e conseguiu da Câmara de Vereadores uma lei instituindo mão única na rua para proteção das crianças. Mas a cidade não tinha o costume da mão única. Os motoristas continuaram trafegando na contramão, valendo-se da falta de policiamento e, principalmente, da falta de prática dos guardas de multá-los. Afinal, o Brasil é condescendente e em cidade pequena todos somos amigos.

Foi aí que meu pai convocou os moradores do início da subida, que ficava um quarteirão abaixo da nossa casa, para ensinar princípios de cidadania. Eles deveriam ficar atentos, especialmente as crianças e os velhos, que estavam mais tempo na rua. Quando algum motorista desavisado ou temerário ameaçasse invadir a contramão, deveriam formar um cordão e impedi-lo.

Conta a Teresa: "E ele vinha devagar, muito devagar com sua Veraneio, só para esperar a turma da rua que ele já tinha treinado para esticar a corda e gritar: CONTRA — MÃO! Éramos grupos que revezávamos, ninguém perdia o horário."

Por isso, quando a filha da Teresa chega da faculdade e diz que a rua tem perfume de festa creio que, lá atrás, havia um sentimento de cidadania que foi plantado, regado e que floresceu.

11/2/2003

Os jovens do interior

Meu pai teve formação cosmopolita. Veio de Buenos Aires para São João da Boa Vista, depois para Poços de Caldas. Tinha 10 anos, mas os irmãos mais velhos — Martha, Rosita, Felipe, e Clara, que foi amiga de Pagu e morreu adolescente — traziam os ares da mais cosmopolita cidade da América Latina, e conviveram sem problemas com o cosmopolitismo das temporadas de Poços e, fora das temporadas, com a cidade docemente caipira do interior.

Mas minha mãe vinha de uma família de imigrantes que se constituiu em São Sebastião da Grama, mudando-se para Poços logo após a revolução de 1932. Ela e suas irmãs traziam uma característica que, por toda a minha vida, encontrei em sucessivas gerações de filhos e filhas de imigrantes e que tento descrever a seguir.

Nossos avós, os imigrantes do início do século XX, aportaram no Brasil com o sentimento de cidadania suficientemente desenvolvido para não se abrigarem debaixo do manto de proteção de algum coronel político. Chegaram trabalhando como colonos, depois foram para as cidades, alguns se tornaram agitadores políticos, outros se converteram em comerciantes, quase todos trouxeram conceitos de cidadania que o Brasil ainda não conhecia. Na Poços de Caldas dos anos 1940 e 1950, a reação contra os Junqueiras — chefes políticos locais — partiu de uma classe média recém-urbanizada, quase todos filhos de imigrantes.

Essa busca da individualidade, da afirmação na nova terra, convivia com o medo de não se manter na escala social, conquistada degrau a degrau. Em um país com tal mobilidade social, com tantas crises sucessivas arruinando as economias familiares, e sem a rede de relações sociais dos fazendeiros, esses rapazes e moças aprenderam com seus pais que a maior herança que receberiam seria a educação e a seriedade, a palavra dada, a honradez e o trabalho. A âncora social consistia nisso: em ler, ler, sempre ler, valorizar os valores intelectuais, o trabalho, a seriedade, serem exigentes consigo próprios, muito exigentes, considerando supérflua qualquer forma de prazer. Como dona Tereza ironizava minhas irmãs quando elas, adolescentes, se empetecavam para ir aos bailinhos da cidade! Era bobagem, dizia minha mãe, o que vale são os valores intelectuais.

Mesmo depois de casado, levei anos para ter minha primeira televisão a cores. Queria, mas não queria. Achava que iria gostar demais, perder tempo demais na frente do aparelho. Só adquiri uma quando comprei no Mappin uma bomba de asma para minha avó, e ela não se deu bem com o aparelho. A loja não aceitava devolução, só troca por outro equipamento. Aceitei então a TV a cor.

No dia-a-dia era a mesma coisa, o medo do prazer, da comodidade, como se um aparelho de televisão, uma torneira de água quente, pudesse comprometer a têmpera, induzir ao acomodamento, afrouxar a guarda.

Atribuía essa superexigência em parte à politização de minha geração, mas, ao longo da vida, até em pleno século XXI, continuei encontrando essas mocinhas e mocinhos, e todos mantendo vivos esses valores do trabalho, da leitura, do excessivo rigor consigo próprios. São diferentes dos cosmopolitas, daqueles que tiveram pais que trabalharam em grandes companhias, com a segurança das grandes organizações, e aprenderam a conviver com essas relações hierárquicas, a navegar pelas regras tácitas do emprego, engolindo um sapo aqui, aprendendo a vender o peixe ali, montando pactos com colegas, chamando com naturalidade o superior de chefe e tendo paciência para galgar os degraus hierárquicos.

A rapaziadinha do interior vem para cá sem esse *know-how*, mas com uma acuidade muito maior para entender gente, situações. Como contou o professor Antonio Cândido, no prefácio de *O menino do São Benedito*, no interior convivemos com o prefeito e com o lixeiro. E, nessa avaliação, se percebem grandes e pequenos homens tanto entre os poderosos quanto entre os humildes.

Leva um tempo para aprenderem a dosar trabalho e lazer, a abrir a cidadela, romper com as cobranças ancestrais e relaxar, ainda que um pouco. Mas trazem uma herança que se transmite por gerações.

4/10/2003

Os doces marginais de Poços

Recebo o livro sobre a história do teatro em Poços de Caldas, mais um belo trabalho do historiador local Hugo Pontes. Há fotos de Nicinha, Benigno Gaiga, Sebastião Pinheiro Chagas e outros pioneiros.

Senti a ausência do grupo de teatro do GGN (Grupo Gente Nova), nossa turminha mais politizada, e que tinha belos atores e atrizes, como minha prima Rosa Maria e o José Roberto da Silva.

Mas estava lá Fernandinho, o querido Fernandinho, que faleceu por volta de 2004, nossa bicha de estimação, como falávamos sem receio do patrulhamento do politicamente correto.

Além de ator, Fernandinho trabalhou por algum tempo como garçom do Caiçara (que depois virou Bachianinha), o boteco sofisticado onde minha geração teve sua iniciação na boemia e na vida adulta. Moleques de 17 a 20 anos, o Caiuby, o Dartagnan, o Oscarzinho, o Sérgio Peru, convivíamos com "coroas" agradabilíssimas, como a Iara e a Goga, que deviam ter pouco mais de 25 anos, e com boêmias precoces, como a Soninha, a Moema, a Dalvinha.

Até os idos dos anos 1970 Poços era uma cidade sumamente interessante. Fora das temporadas guardava o ar tranqüilo de interior. Nas temporadas, recebia turistas sofisticados de São Paulo, que se aboletavam no Bachianinha para ouvir o piano magnífico de João Viviani — que morreu há alguns anos em Ribeirão Preto.

Durante algum tempo, o Bachianinha era a única luz de inteligência e semi-erudição de Poços. Era lá que ouvíamos a música sofisticada da bossa nova e do samba-canção tocadas pelo Viviani, cantadas pelo Mauro, filho do dono de um cartório de Botelhos, pela Iara e sua voz rouca. Lá, curtíamos as fossas tipo *nouvelle vague* do Caio Lobato, ficávamos sabendo dos novos autores, saíamos para visitar nosso guru, o Jurandir Ferreira, escritor oficial de Poços.

É curioso esse mundo do interior, muito voltado para si mesmo, muito preocupado com as pequenas coisas do dia-a-dia. Era no ambiente da boemia e da semimarginalidade que encontrávamos os tipos mais interessantes. Convivíamos com o pessoal do Bachianinha, com o Orozimbo, um pai-de-santo que se dizia especialista em capoeira, com o Zé Caé, homossexual, sujeito mais forte da cidade e dono de uma casa funerária.

A convivência com essa boemia me custou algumas dores de cabeça, de fregueses da farmácia do meu pai indo alertá-lo sobre as minhas más companhias. Ora, "más companhias", dizia meu pai, como é que a Goga, filha do Zé Prézia, a Iara do Correio podiam ser "más companhias".

Em casa tivemos sorte de jamais cultivar o preconceito. A bem da verdade, minha mãe tinha certo preconceito de vesgos. Não gostava de um colega meu, o João, que dizia ser invejoso e não ser confiável por jamais olhar de frente. "Mas ele é vesgo, mãe", eu tentava explicar. E dona Tereza: "Mas o Roldão é vesgo também, e olha de frente." O "olhar" não era físico e intuição de mãe é fogo.

Depois que me tornei razoavelmente conhecido, um dia encontrei em Poços o tal que ia atazanar a vida do meu pai por conta das minhas "más companhias". E ele dizia extasiado: "Mas que bonito era ver a sua turma no Bachianinha, tocando violão, fazendo serenata." É isso o que digo sobre certos tipos do interior.

Há poucos anos perdi duas das últimas âncoras que me amarravam a Poços: a querida Goga e o querido Fernandinho. Goga, nossa guru, a "coroa" falsamente agressiva, que se desmanchava em ternura na metade do primeiro copo de uísque. E o Fernandinho, que quase se acabou no carnaval de 1969, quando apareceram no Bachianinha duas bichas paulistanas belíssimas, reencarnações de Nefertite. Começaram a dançar no alto da escada do Bachianinha, que levava ao andar de cima. A cidade parou na porta para assistir. No piso de baixo, no balcão, o Fernandinho chorava que nem criança. "Por que está chorando, Fernandinho?", perguntávamos. E ele: "Porque jamais vou ser bonita assim." E nós, tentando consolá-lo: "Mas você é mais bonito por dentro, Fernandinho." E ele, inconsolável: "Mas eu queria ser mais bonito por fora."

A cena inesquecível que tenho dos dois, mais a Dalvinha, a Moema e tantos outros, foi no baile no qual a Associação Atlética Caldense batizou sua biblioteca com o nome do meu pai. Saí de Porto Alegre, desci em Guarulhos, a família já me aguardando com o carro e chegamos em cima da hora. Na porta da Caldense estavam meus amigos me esperando. Os doces marginais de Poços, que se recusavam a ir a qualquer ambiente que cheirasse a "burguesia", compareceram em peso em um ambiente com mais de mil pessoas, para levar o abraço ao amigo.

Em algumas noites solitárias de São Paulo, me vejo pensando naquela cena inesquecível e meu coração se aquece.

20/5/2006

O meu *Thesouro da Juventude*

Aprendi a ler no *Thesouro da Juventude*, assim mesmo com "th", da W. M. Jackson Editores, edição de 1925, com prefácio de Clóvis Bevilácqua. Era de meu avô Issa. Contava os minutos para chegar à farmácia do meu pai, subir as escadas externas que davam no andar de cima, onde morava vovô. Corria para a estante, tirava um volume, abria no chão forrado por um cobertor, e ficava de bruços devorando as páginas e as ilustrações a bico de pena.

Em 1957, quando entrei no primeiro ano da Escola Sete de Setembro, da dona Nicolina, escrevia um português escorreito... dos anos 1920. Cavallo com dois eles, e assim por diante. Para que eu chegasse à reforma ortográfica, minha mãe comprou a edição de 1958 do *Tesouro da Juventude*. Mas não tinha a menor graça. Preferi migrar para a coleção de Monteiro Lobato, e sua estilização lingüística tão lógica, sem acentos desnecessários.

Mas o *Thesouro* me acompanhou a vida toda, e de toda a minha geração e de meus pais. Não chegou a meus filhos. Passou-nos informações da forma mais agradável possível, noções de astronomia, geologia, história, literatura.

Na "Introducção", Clóvis Bevilácqua indicava a obra para "meninos, adolescentes e homens do povo que teem sede de saber".

Os editores o definiam como uma enciclopédia popular, "um livro acerca de tudo para todos e especialmente para os jovens".

Eram 18 volumes, todos contendo uma seqüência de temas. A primeira gravura do primeiro tomo era uma pintura do sistema solar, com astros de todos os tamanhos e trens se lançando ao espaço para alcançá-los. Um trem expresso, correndo a 1.600 km por minuto, poderia dar a volta ao mundo em menos de vinte dias, dizia o texto. Mas levaria 177 anos para chegar ao sol.

De cara, éramos apresentados à nossa insignificância, passeando por todas as lições de "O Livro da Terra". Em seguida, se entrava em "O Livro da Natureza", que tratava especificamente da vida dos animais e das plantas. Uma página colorida, finamente ilustrada, mostrava "os seres mais interessantes da Terra", dos conhecidos, águia, gaivota, gavião, leopardo, aos menos votados sariguéa, python, maçarico e buccinum.

Depois, pelo "O Livro de Nossa Vida", destinado a desvendar a maravilha da humanidade. Havia "O Livro do Novo Mundo", que tratava desde os homens primitivos até a construção da América, e "O Livro do Velho Mundo", falando das antigas civilizações, com amplo relato sobre a China, sobre o seu isolamento que tirou-lhe a noção de progresso, e de como, pouco a pouco, voltava a se abrir para o mundo.

Em um período de grandes inovações, as invenções eram tratadas no capítulo "Cousas que Devemos Saber", e as curiosidades em "O Livro dos Porquês", talvez o tema mais popular da enciclopédia.

Meu tema predileto era "Homens e Mulheres Célebres, Nobres Vidas, Nobres Feitos". Marco Pólo inaugurava o primeiro tomo da coleção. Depois, abordava-se a criação da famosa Escola de Sagres em Portugal, e os navegadores portugueses.

Menos épico, mais infantil, era "O Livro dos Contos", estreando com "Sindbad o Marinheiro", e um bico de pena magnífico mostrando "A Ave Gigantesca e o Homem do Mar".

Uma parte que não me interessava muito, dada minha invencível falta de habilidade para trabalhos manuais, era o "Cousas que Podemos Fazer", que ensinava desde a fazer uma caixa de madeira até a cortar o cordel mágico. Ensinava um modelo simples de desenhar um cão, e diversos desenhos possíveis de se fazer com palitos de fósforo.

E aí se entrava em outro dos meus temas prediletos, "O Livro das Bellas Acções, Heroes e Heroínas do Mundo". A primeira história era "Irmãs pelo Sangue e pelo Heroísmo", narrando um capítulo familiar da resistência portuguesa contra a invasão espanhola no século 17. Depois, "O Sacrifício do Padre Damien", um belga que partiu para as Ilhas dos Mares do Sul para cuidar de leprosos.

Voltava-se para a literatura, com "O Livro da Poesia, o Bello Mundo dos Poetas", com "O Gigante Adamastor", trecho dos Lusíadas. Depois, a "Canção do Exílio", de Gonçalves Dias, uma das paixões da minha infância. E "Manhã em Petrópolis", de um certo José Maria Amaral, que "se não é dos maiores poetas brasileiros, ocupa um lugar muito honroso na nossa história literária". Acho que houve alguma proteção em sua inclusão.

A maior honraria que recebi até hoje foi ter sido o herdeiro da coleção, quando vô Issa morreu. Minhas queridas tias, todas ciumentas do patriarca, não vacilaram um momento na hora de me entregar seu bem mais precioso, a coleção que comprou em 1928, para aquecer o espírito de dona Tereza, que tinha completado dois anos de vida.

17/3/2006

Os quadrinhos da infância

Dona Tereza proibia quadrinhos em casa. Dizia que desviava a gente dos livros. Meu consolo era ler escondido na casa vizinha, da minha tia, no bar do meu avô ou na farmácia do meu pai, pedindo emprestado na banca do seu Geraldo.

Os quadrinhos exerceram uma influência massacrante na minha geração. Eu tinha vários heróis, um em cada setor. No faroeste, o herói imbatível era o Kid Colt, por uma única razão: era humano, sempre encontrava um pistoleiro mais rápido, mas o vencia pela força do caráter. Em Rock Lane me impressionava a camisa escura, meio aveludada, cuja textura eu intuía no quadrinho branco e preto. E em Buck Jones o chapéu pontudo.

Campeoníssimo era o Cavaleiro Negro, o médico que se vestia de negro e de máscara para enfrentar os bandidos, e que depois inspirou música célebre do pessoal do Clube da Esquina. Hopalong Cassidy era um cowboy simpático, mas muito velho para entusiasmar a molecada que, depois das sessões de matinê do cine São Luiz, trocava gibis. Melhor era seu cavalo branco ensinado, que fazia coisas de circo. Havia também os cowboys cantores, como Roy Rogers e seus olhos de china.

Gozado a capacidade que tem uma criança de se fixar em detalhes que, adultos, jamais repararíamos. Como a camisa preta do

Dom Chicote, um cowboy inexpressivo, não fosse pelo chicote que brandia com maestria. Ou o cowboy que usava dois revólveres invertidos no coldre.

Ou mesmo o calção do Tarzan. Lá pela metade dos anos 1950 Tarzan era um gibizinho mal desenhado que nem ele só. Mas o Tarzan tinha dois uniformes, um preto, que me impressionava muito, outro branco. Só anos depois o desenho ganharia gabarito, mas, mesmo assim, me encantava.

Na infância não cheguei a ler os clássicos Príncipe Valente e Spirit. Só nos anos 1970 e 1980 eles foram relançados em edições de luxo. Naquele final dos anos 1950 e início dos anos 1960, os campeões de audiência eram Mandrake, Flash Gordon, a família Marvel e a família Super-Homem — tinha o Super Boy e a Super Girl —, Zorro e Tonto, e um cowboy mexicano, o Cisco Kid, muitíssimo bem desenhado, Batman e Robin.

Os jornais exploravam pouco os quadrinhos. No *Estadão* durante anos imperou a dupla Mutt e Jeff. Na *Folha* tinha um boxeador de queixo quadrado, de quem eu era fã. Durante certo período, essa tira desenvolveu uma história paralela, de um jovem campeão cujo golpe fatal era precedido de uma frase misteriosa que ele cochichava no ouvido das vítimas.

No final dos anos 1960, Stan Lee virou os quadrinhos de pernas para o ar. A sucessão de heróis que criou e recriou não tem paralelo nas minhas lembranças. Quando surgiram o Príncipe Thor e seu martelo mágico, o Homem Aranha e sua avó doente, o incrível Hulk, o Quarteto Fantástico, o Capitão América, todos personagens cheios de dúvidas existenciais, com o uso intensivo da cor, e com desenhistas fantásticos, a história dos quadrinhos nunca mais foi a mesma.

Nesse período, lembro-me de um quadrinho curiosíssimo, que tinha um grupo de quatro heróis. A especialidade de um deles era a de saber se localizar em qualquer grande cidade do mundo — um poder que me fascinava, naquela Poços de quarenta mil habitantes.

Lamento apenas ter conhecido esses personagens já na adolescência e início da vida adulta, quando o interesse era mais literário ou de lazer. Na minha infância, teriam ganhado outro colorido, me deixado sem dormir, como nos livros de Monteiro Lobato.

16/8/2002

O medo brasileiro

Quando tinha 5 anos, minha filha me dizia que acordava de noite com medo, por causa de "sonho ruim". A Mariana, hoje com 27, também passou por esses medos. Mas tinha uma babá que a embalava ao som de "boi, boi, boi do curá / pega essa menina que não quer mamá".

O medo sempre fez parte da nossa cultura. Foi companhia permanente das nossas infâncias, muitas vezes trazido por babás e empregadas e suas histórias maravilhosas.

Menino ainda, provavelmente com a idade da Beatriz, tinha "sonhos ruins". Imaginava o vendedor de amendoim fazendo plantão na frente de casa, em plena madrugada. A casa, então, não tinha grades e dava para o largo do São Benedito, um enorme terreiro onde, nos meses de abril e maio os congos traziam seus cantos rituais. Mas nem os espíritos dos congos que povoavam o São Benedito nos protegiam do medo do vendedor de amendoim.

Espalhou-se na época que o vendedor de amendoim era "tarado". A gente imaginava que ele entregava amendoim enfeitiçado para os meninos que, depois de ficarem grogues, eram algemados e chicoteados. Nosso conceito de tarado não ia muito além disso.

Quando se reuniam minha mãe, minha avó Martha e minha tia-avó Mariana, aí o medo e a tragédia corriam soltos. Eu ficava encolhido enquanto elas contavam a história da linda normalista de São Paulo que pegou o ônibus para casa e foi seguida por um marginal que a matou. Os crimes eram tão escassos na época que, cada qual, rendia uma novela caseira. São Francisco de Assis e o Sagrado Coração de Jesus me ajudaram a enfrentar os pesadelos que sempre se seguiam aos "causos" das três.

Nos anos 1950, em Poços de Caldas, estávamos a léguas de distância de ter medo de ET. Nosso medo era concreto, de personagens que habitavam as fazendas — como sacis, caiporas, lobisomens e mulas-sem-cabeça. Tio Zito Vilela quase quebrou quando descobriram uma criação de sacis em sua fazenda em São Sebastião da Grama e houve uma debandada de colonos.

A história da região começou a mudar lá pelo início dos anos 1970. Fui a São Tomé das Letras a serviço, por ocasião daquele fiasco que foi a visita do cometa Kohoutec, para saber o que os moradores achavam do cometa, da perspectiva de fim do mundo, e dos teosofistas que se mudaram para lá atrás de uma carona de disco voador, antes que o tal do mundo se acabasse.

Subi a pedreira, abri a porta da igreja, dei de cara com a pintura de um barão de olhar alucinado. Ao lado, uma velhinha quase nonagenária que tomava conta da igreja. Indaguei se era verdadeira a história. "É verdade", confirmou. "E eles viram algum disco voador?" A velhinha, taxativa: "Nenhum." "E a senhora, já viu algum?" E ela, com ar de enfado por trás das lentes grossas dos óculos: "Eu? Estou cansada de ver."

Foi o período em que os sacis começavam a ser expulsos do sul de Minas pelos discos voadores. Era o prenúncio do ET de Varginha.

Com o tempo, esses medos maravilhosos, mágicos, parte intrínseca da cultura brasileira, parte essencial de um país que ainda não se urbanizara, vão cedendo lugar a outras formas, mais contemporâneas e cruéis de medo.

Primeiro, o medo de enfrentar a metrópole, a primeira profissão, o medo das primeiras opções de vida. Em muitos, vi o medo do desemprego.

Nos anos 1970, havia o medo permanente da tortura, pelo menos na nossa profissão.

E quem era o pai que nos confortava a todos? Quem me refresca a memória é o leitor Celso Dival Moreira Lima que me enviou e-mail sobre o caso Galdino, desses da gente guardar para sempre, sobre a necessidade da coragem para enfrentar o estabelecido, a unanimidade e a sede de sangue: "O maior cristão, talvez o único que eu conheço, é Dom Paulo Evaristo Arns, que teve até parte da sua Igreja voltando-se contra ele por ser o porta-voz dos oprimidos." Um preso político certa vez comentou: "Ele colocava a mão em meus ombros e falava apenas três palavras: coragem, coragem, coragem. Esta é a única oração que eu até hoje aprendi."

5/2/2003

As orações do Brasil

O tempo acaba sufocando muitas lembranças da infância. Uma delas foi a religiosidade católico-mineira, tão presente naquelas fraldas da Mantiqueira por onde se chegava subindo a montanha e, depois, entrando na boca do vulcão, da minha Poços de Caldas.

Hoje em dia tornei-me cidadão contemporâneo, amarrado ao ritmo da vida moderna, à neurose das grandes cidades, escravo do tempo e dos prazos. Mas meus mortos e minhas lembranças sempre renascem uma vez por ano, quando o país se recolhe e celebra Todos os Santos e Finados.

Cresci em ambiente católico, fiz a primeira comunhão, e fui escolhido, junto com uma coleguinha francesa, para compor o casal que receberia a hóstia consagrada na frente do altar, em nome do grupo da irmã Terezinha, a irmãzinha leiga que nos preparou para o mais belo dos sacramentos, mais bonito que o batismo e o casamento.

Admito que nos ensaios engasguei com a hóstia e a tirei do céu da boca com minhas mãos ímpias, ainda bem que não consagrada, caso contrário jorraria o sangue de Jesus crucificado.

Depois, fui Cruzado Mariano, Apóstolo, fiz as Treze Sextas-Feiras e quase completei os Cinco Sábados. Usava Escapulário e Agnus Dei, ambos garantindo a salvação eterna e o aviso da morte, um dia antes, comunicado diretamente por Nossa Senhora.

O Escapulário é um saquinho de pano, com um cordão para pendurar no pescoço. Dentro, tem o coração de Jesus e o de Maria bordados em pano. Já o Agnus Deis é uma medalhinha benta, que se prega na roupa com alfinete. Aberta, mostra lado a lado os corações de Jesus e de Maria.

Se esses símbolos impressionavam, assim como o brasão dos Cruzados, as músicas não ficavam atrás. "Jesus Cristo está realmente / de dia, de noite, presente no altar / esperando que cheguem as almas / ansiosas, silentes, para o visitar"), era nosso *hit*, principalmente na missa das onze, na Matriz.

Havia as músicas de procissão, algumas muito chatas, como o "queremos Deus / homens ingratos / ao Pai Supremo, ao Redentor" e muitas em latim. E havia as orações das missas, algumas épicas, de arrepiar, como o trecho que fala em "Santo, santo, santo / é o senhor Deus dos exércitos / hosana nas alturas / bem-vindos os que vêm em nome do Senhor."

As orações para crianças eram particularmente encantadoras. Nem sei se foram preservadas para as novas gerações católicas. Para dormir, podia-se escolher entre duas clássicas, ambas dedicadas ao Anjo da Guarda. A minha preferida era: "Santo Anjo do Senhor / Meu zeloso guardador / Se a ti me confiou a piedade divina / que me guarde, que me rege / me governe e me ilumine." Havia outra, muito popular, mas que considerava meio bobinha para os meus 10 anos: "Com Deus me deito / Com Deus me levanto / Na graça de Deus / do divino Espírito Santo / Para Anjo da guarda que me guarde / São José rogai por mim / agora e na hora de minha morte, amém."

Havia uma oração especial na família, o "Salmo 90", oração de proteção. Carlos Lacerda morreu com um Salmo 90 na carteira, provavelmente o mesmo com que foi presenteado por minha avó Martha, escrito com sua letrinha graciosa.

E havia as orações clássicas: "Ave Maria", que não me comovia muito, "Pai Nosso", que a gente falava antes "padre nosso", e mencionava os "nossos devedores", o "Credo" que era mais um exercício de memória, do que de emoção. E o "Salve, Rainha". E aí, meu amigo, era como se a gente fosse transportado para os umbrais do tempo, para o início das religiões, para os mistérios divinos. "Salve Rainha, mãe de misericórdia / a vida, doçura, esperança nossa, salve / A vós bradamos os degredados filhos de Eva / a vós suspiramos, gemendo e chorando, nesse vale de lágrimas / Eia, pois, advogada nossa, vossos olhos misericordiosos a nós volvei / E depois desse desterro nos mostrai Jesus / bendito fruto do vosso ventre / ó clemente, ó piedosa, ó doce, sempre Virgem Maria / rogai por nós, Santa Mãe de Deus / para que sejamos dignos das promessas de Cristo."

7/7/2007

A esquerda que era festiva

Outro dia soube de um documentário sobre as lideranças estudantis de 1968. Aquela época foi curiosa. A grande imprensa havia descoberto e glamorizado o movimento estudantil. As lideranças se tornaram personagens nacionais através das páginas das revistas *Realidade* e *Veja*, principalmente depois das passeatas de 1968 em Paris. Os estudantes viraram a bola da vez da mídia e ganharam reportagens consagradoras.

Lá do interior a gente ia acompanhando as movimentações, tomando posições e sendo informados sobre quem era quem pela minha prima Rosa Maria, que deu uma dor de cabeça danada para a família mesmo antes de ser presa em Ibiúna, no famoso Congresso da UNE que começou em um sítio e terminou no presídio.

Um ano antes ocorreu o congresso nacional na PUC São Paulo, nem me lembro se era da UNE ou da UBES (a União Brasileira dos Estudantes Secundaristas). A Rosa estudava filosofia na FAFI, em Poços, mas era cara-de-pau suficiente para se entrosar com o movimento estudantil de Belo Horizonte. E a família suficientemente imprudente para abrigar a delegação inteira de Minas, que fez parada em Poços, e dormiu na casa do tio Léo, antes de seguir para São Paulo.

A cidade vazia, antes do início da temporada, e aquela multidão de jovens estudantes descendo para fazer o *footing* na praça, todos dando a maior bandeira, mas com ordens expressas para não informar a ninguém que estavam a caminho do Congresso. E precisava, com aqueles óculos escuros às oito da noite e aquelas boinas com estrela, que nem a de Che Guevara?

O mais assentado era o Edgard da Matta Machado, que preferia ficar lendo na casa do tio Léo, ou nos acompanhando nas cantorias, em vez de descer para a praça. Morreu alguns anos depois torturado em Recife.

Em São Paulo, a liderança do movimento era dividida entre o Luiz Travassos, mais radical — e que morreu alguns anos atrás — e o Zé Dirceu. O nosso grupo, em Poços, considerava o Dirceu muito moderado.

No Rio, havia o Wladimir Palmeira, outra liderança relevante. E uma constelação de nomes que chegavam aos nossos ouvidos como novos *popstars*, como Catarina Meloni, Verinha Brizola, em São Paulo, o Jean Marc, no Rio, e outros. A nosso pedido, a Rosa ia mapeando quem era quem no movimento.

Uma vez fui com meu pai à Casa Branca, em um festival de música, e paramos para comer em uma lanchonete de um amigo dele. O velho me disse: "É o pai da 'maçã dourada'." A "maçã" era uma espiã do DOPS que andou encantando o fogoso Zé Dirceu na época. Descoberta, acho que passou algum tempo detida no CRUSP — o prédio de apartamentos dos estudantes da USP. Nem me lembro se era bonita ou não, mas se tornou nossa Mata Hari da Casa Branca.

Só cheguei em São Paulo em 1970, quando o romantismo voluntarista dos jovens de classe média tinha derivado para a guerrilha. Os que vieram antes andaram se encrencando com o DOPS. Especialmente o Netinho, que foi para Belo Horizonte fazer economia e, pelas histórias que chegaram a Poços, encarou um policial em uma passeata, colocando a testa no cano do revólver e desafiando-o para que atirasse. Baixinho, e brabo, nem precisava se agachar para a testa ficar no nível do revólver.

Em Poços, o Netinho tinha uma rixa danada com o Zé Baixinho — que, depois, se mudou para Brasília. É gozado como essas questões de adolescência ficam para sempre na nossa imaginação. Preso em Belo Horizonte, assistiu da cadeia a morte da mãe. Conseguiu liberdade provisória para acompanhar o funeral do pai. Fugiu, foi recapturado, preso de novo, sem jamais perder a garra.

Logo que foi libertado, muitos anos depois, em São Paulo, um dia o peguei na casa em que estava hospedado e o levei para jantar na minha. No meio do caminho ele se mostrou exultante: "Quero ver o Zé Roberto, agora, vir me acusar de ser esquerda festiva."

De jeito nenhum. A luta armada, as prisões, as torturas, já tinham sepultado há muito a festividade romântica dos primeiros passos do movimento e os sonhos ingênuos de nossa geração.

22/5/2004

A saga do bar do Alemão

Cheguei em São Paulo em 1970 e, até 1974, de 15 em 15 dias ia a Poços de Caldas carregar a bateria, encontrar amigos e melhorar a auto-estima. São Paulo era aquele gigante mal arrumado que intimidava os recém-chegados. No interior, qualquer feito intelectual era saudado, qualquer bravata reconhecida, qualquer tipo humano desvendado pela observação acessível apenas aos que navegam em ritmos mais lentos.

Em São Paulo tudo se perdia na imensidão dos prédios, na quantidade de pessoas, na velocidade do tempo, na hierarquia nas empresas e nos ambientes. Os metropolitanos se defendiam fechando-se em panelas e desenvolvendo um marketing pessoal inacessível a nós, pobres interioranos.

Eu e o meu amigo João Cleber bem que tentávamos decifrar as esquinas e as meninas de São Paulo, indo de ônibus até o Belas Artes, suportando Godard, música concreta, vanguardismos, museus e as cachaçadas de fins de semana na USP, que ninguém era de ferro.

Mas São Paulo continuava indecifrável. Até aquela noite inesquecível, em fins de 1974, uma quinta-feira em que saímos de um fechamento da *Veja* e o Palhares, da Internacional, sugeriu pararmos no viaduto Antarctica, para um chopp no bar do Alemão.

Era uma casa pequena, com a entrada em forma de um chalé. Na parte de baixo, umas oito mesas. No pavimento superior, outras oito. Lembrava o Bachianinha, boteco que freqüentava em Poços de Caldas.

Subimos no pavimento superior e, ali, estavam um pandeiro, um cavaquinho e um violão. Eram, respectivamente, o Dagô, dono do bar, o Nelsinho Risada, seu caixa e sócio, e o Heraldo, que trabalhava na imobiliária em frente.

Timidamente perguntei se havia um bandolim. Imediatamente surgiu um bandolim antigo, luzidio, embora com o som meio baço devido às cordas velhas. Perguntaram que música eu gostaria de tocar. Fui atrevido: "Tenebroso", do Ernesto Nazareth, choro enjoado, que exige muita concatenação do bandolim com o violão. Nelsinho olhou para o Dagô, que olhou para o Nelsinho, que olharam para mim. E foi aí que comecei a descobrir a São Paulo que me apaixonou, dos botecos de boêmios, das rodas de choro, das lendas musicais, dos músicos populares e dos jogadores de futebol do passado.

O bar do Alemão não foi apenas o boteco da minha vida, mas de toda uma geração de jornalistas, boêmios e músicos de São Paulo. O *Estadão* havia se mudado para a Marginal do Tietê, onde já se encontrava a Abril. O Alemão era ponto de passagem obrigatório para a cidade. E ninguém passava pelo viaduto Antarctica sem parar no Alemão.

A música corria solta porque a qualquer hora da noite bastava um músico presente para se formar a roda, porque o bar oferecia o pandeiro do Dagô e o cavaquinho do Nelsinho Risada. Dagô tinha um estilo único de tocar pandeiro. Em vez de balançar o pandeiro, era ele quem se balançava. Nelsinho, nosso mestre musical maior, era herdeiro de uma tradição única de cavaquinho. Era apaixonado por Garoto, cantou em conjuntos vocais, junto com o Edgard da Guitarra, possivelmente foi influenciado pelo cavaquinho de Canhoto e Jonas.

Com o tempo, desenvolveu um estilo de "centro" (acompanhamento) que só ouvi, tempos depois, em Joãozinho Torto, um cavaquinho genial de São Paulo. Em vez de o cavaquinho marcar o ritmo e o acompanhamento em tempo integral, ele deixa o ritmo para o pandeiro, o acompanhamento para o violão, e vai preenchendo os vazios com bordados harmônicos, com seqüências de acordes em harpejo, dos mais refinados.

Com Dagô descobrimos a afetividade discreta dos paulistanos, com Nelsinho os sons mais divinos do choro e no Alemão montamos nosso *bunker* interiorano. Pelas suas mesas conviviam os mais variados sotaques do interior e a melhor música do Brasil.

Foi lá que começaram na vida artística e musical o sete cordas de Serginho Leite, o violão baiano de Vicente Barreto, o baixo de Arismar do Espírito Santo, as composições de Carlinhos Vergueiro, Gereba, a voz da Tina. Sem contar Eduardo Gudin, que precedeu a todos.

Por lá desfilaram o conhecimento de música do Pelão, Aluizinho Falcão, Baiano Gutenberg, do pessoal da CESP, Riolando e Marchezan, os sons de Nelson Cavaquinho, Cartola, Paulinho da Viola, João Nogueira e Paulo César Pinheiro. Lá eu conheci Valfrido Silva, Inezita, Hervé Cordovil. Era o ponto de encontro de todo músico carioca, em visita a São Paulo. Foi lá que Clara Nunes fez sua última noitada e que João Bosco provavelmente estreou em Sampa.

Durante oito anos freqüentei quase diariamente o Alemão. Nosso conjunto era composto pelo Dagô, o Nelsinho, o Serginho e o Heraldo ao violão, de vez em quando o Almeida no afoxé, eu no bandolim e a cantoria de Baiano, Tina, Jorge Broadway e outros mais.

Mas a história do Alemão é tão ampla que não cabe em uma crônica apenas.

27/4/2002

O senhor Juiz

Na sexta-feira fui mediar um debate em um seminário internacional promovido por agentes fiscais em São Paulo. Dava orgulho assistir às apresentações, os últimos avanços tecnológicos para cercar os sonegadores, as ferramentas tecnológicas, estatísticas.

Tirei a capa de mediador e vesti luvas de boxe apenas quando o representante do BID reiterou o apoio da instituição, elogiou o aumento da carga tributária, e atribuiu à choradeira as reclamações contra os impostos e os alertas de empobrecimento da classe média.

Parabenizei os fiscais presentes, enalteci a relevância de seu trabalho, mas alertei que, sem ser por sua culpa, estavam a serviço de um modelo ferozmente anti-social, no qual só sobrevivem os cartéis e o crime organizado.

Chego para meu encontro semanal com a crônica, e abro o e-mail do jovem procurador da Fazenda de Ribeirão Preto, indignado com minha demonstração de apoio ao empresário em dificuldades, que foi tratado como criminoso e condenado à prisão. Diz que o papel deles é fazer cumprir a lei, defender o empresário correto do sonegador. Respondo-lhe que só a idade ou a sabedoria precoce torna as pessoas suficientemente sábias para ter o discernimento de separar o criminoso do homem sério em dificuldades. Ele tem 32 anos, mas chega lá.

Aí coloco no computador o "Regreso a La Tonada", cantado por Mercedes Sosa e procuro na caixa postal o e-mail que me foi enviado pelo advogado Léo Iolovitch, colega de escritório do dr. Paulo Brossard. E reproduzo a história que me mandou.

Em setembro de 2003 foi procurado por uma amiga de infância que não via há muito tempo. Ela tinha uma confecção de roupas e, com muito trabalho, cresceu. O marido, engenheiro especializado em informática, deixou a profissão e foi auxiliá-la na administração da empresa.

Então veio o Real, o câmbio foi apreciado, as importações inundaram o país, a roupa importada passou a chegar a um custo inferior ao do próprio tecido que a empresa utilizava. Começou o penoso caminho rumo à ruína. Cheque especial, *factoring*, agiota, e a escolha terrível: ou pagar salários ou recolher a contribuição previdenciária. Os salários foram pagos.

A empresa fechou, os empregos acabaram, ficaram as dívidas. Não tiveram nem recursos nem ânimo para se defender dos processos criminais na Justiça Federal. O marido foi condenado a prestar serviços à comunidade em uma creche, em uma vila popular.

Teve início o duro recomeço, através de um concurso para cargo administrativo no Ministério Público Estadual. Foi muito bem classificado. Quando foi assumir o emprego, foi impedido. A condenação criminal havia suspendido seus direitos eleitorais.

O marido havia cumprido metade da pena. No final do ano seria publicado o tradicional indulto de Natal. Faltavam dois meses. Iolovitch procurou o presidente em exercício do TRE, falou com o Procurador Geral da Justiça, mas nada poderiam fazer ante o impedimento legal.

Sem alternativa, entrou com ação judicial pedindo a reserva da sua vaga. O juiz indeferiu. O advogado fez um agravo ao Tribunal de Justiça do Rio Grande do Sul. O desembargador relator acolheu o pedido e deu despacho favorável, com prazo até 31 de dezembro para obter a negativa da Justiça Eleitoral.

Ocorre que o indulto daquele ano saiu diferente, dando o benefício para quem tivesse pena privativa de liberdade, mas silenciando sobre os que tiveram restritiva de direitos, como era o caso dele.

Iolovitch tentou o indulto, então, perante o Juiz das Execuções Criminais da Justiça Federal. Depois de algum tempo, veio a decisão favorável, uma aula de humanismo e de justiça:

"*Infeliz do julgador ao qual apraz a imposição de sentença condenatória, apenas o fazendo por dever de ofício, quando a comprovação da prática da conduta delituosa o impele a tal solução processual. Porém, feliz do magistrado que tem a possibilidade de assegurar a justiça por meio de sua decisão. E este Juízo sente-se satisfeito em assegurar ao requerente o pleno exercício de seus direitos, com base em argumentos que, reconhece-se, podem ser juridicamente imprecisos, todavia de inequívoca intenção humanitária*".

Ao receber a sentença, Iolovitch chamou o cliente ao escritório. Leu a sentença a um homem que chorava intensamente o reinício da sua vida.

O advogado recebeu, como pagamento, a alegria daquela família e, no Natal, um mata-borrão para sua caneta tinteiro, e um tinteiro antigo, juntamente com um quadro encomendado a um calígrafo, agradecendo sua atuação.

Vou terminando a crônica, ouvindo os gritinhos das menininhas na chuva. Sempre que chove, a mãe deixa que se molhem. Acha que a chuva limpa a alma. No computador, Mercedes Sosa continua cantando, e lamento não ter ainda o site pessoal pronto, para que o leitor possa ler a crônica tendo a música como fundo.

E vou me dando conta de que ando muito sentimental para um jornalista.

12/3/2005

Cenas do esporte

O maior momento do boxe

A história do boxe está repleta de combates históricos, desde os de Jack Dempsey contra Finnigan, Sugar Ray Robinson contra Jack La Motta, La Motta contra Marcel Cerdin, Joe Louis contra Max Baer. Uma das características do combate épico é o equilíbrio, a imprevisibilidade, o fato de se saber que qualquer um poderá cair na lona a qualquer momento.

Durante longos anos, por exemplo, o peso médio argentino Carlos Monzon — o maior da história, na sua categoria —, com seu corpo esguio, magro até, a maneira de jogar o tronco para trás para se desviar dos golpes dos adversários, foi previsível: vencia todas, como quem vai a um passeio, do mito italiano Nino Benvenutti ao extraordinário cubano-mexicano José "Mantequila" Nápoles. Épicos mesmo, pelo equilíbrio de forças, foram seus combates contra o talentosíssimo colombiano Rodrigo Valdez, que fez carreira paralela e invicta como a dele.

Épico também foi o combate entre o nicaragüense Aléxis Argüelo e o negro americano Ray "Boom Boom" Mancini, outra máquina de bater. Argüelo dominou até o penúltimo assalto, dando um dos maiores shows de boxe da história. Bastou um soco bem colocado do americano para ele vacilar e ser demolido por uma saraivada de golpes.

Mas o maior épico da história do boxe foi Muhammad Ali, especialmente quando voltou da suspensão a que foi submetido por ter se recusado a lutar no Vietnã. E digo especialmente não porque ele tenha voltado melhor. Voltou pior, mais pesado, menos efetivo nos seus golpes, ainda ostentando *jabs* fortes, posto que mais pesado do que antes, mas sem a leveza dos primeiros tempos, e sem aqueles golpes que, aparentemente sem forças, destruíam animais como Sonny Liston. E talvez no período em que vicejou o mais forte conjunto de pesos pesados da história.

Voltou, foi derrotado por Joe Frazier em uma luta histórica, na qual foi à lona no penúltimo assalto. Antes da revanche, Frazier foi demolido por George Foreman — provavelmente o mais forte lutador de todos os tempos —, com um murro no estômago no terceiro assalto que o levantou do tablado como a uma boneca de pano.

Para recuperar o título mundial, Ali tinha que enfrentar Foreman, e o significado dessa luta transcendeu o tablado. Foreman era o oposto de Ali. Era o representante típico do *establishment* americano, certinho fora de quadra, um animal de ferocidade dentro, embora não lutasse sujo. Tinha sido o negro que se enrolara na bandeira americana nas Olimpíadas, enquanto outros atletas negros protestavam contra o racismo e a guerra.

Era enorme e com um jeito de lutar todo especial. Cruzava os braços em xis, protegendo simultaneamente o tronco e a cabeça. E tinha um direto de direita fulminante. Nenhuma de suas lutas passara do quinto assalto, a maioria absoluta terminara antes do terceiro. Pois era esse gigante que Ali teria que enfrentar, se quisesse recuperar o título.

A luta foi na África, e repleta de significados. Era o herói pacifista, o representante dos rebeldes de Woodstock, das passeatas no Capitólio, enfrentando a mais poderosa máquina de bater, quase um desses personagens do Stallone criados não pela KGB, mas pela CIA.

Começa a luta e, desde os primeiros minutos, via-se um Ali irreconhecível, preso nas cordas, protegendo o rosto com as luvas e recebendo, inerte, uma saraivada de socos no fígado, no estômago e nos braços.

Assalto após assalto foi isso. Confesso que pensei em desligar a televisão para não ver meu ídolo naquele triste fim de carreira. A única coisa que não batia naquele enredo era que, sempre que terminava um assalto, depois de passar três minutos sob pancadaria Ali subia nas cordas e saudava a multidão de africanos que o aplaudia. Eu ficava pensando com meus botões, coitado, ele está comemorando o fato de poder respirar um minuto de intervalo antes de voltar a apanhar.

E foi assim até o oitavo assalto. No oitavo tinha-se um Foreman resfolegante que nem uma locomotiva velha, a esta altura dando socos sem direção contra um Ali que continuava paradão. Até que, em um determinado momento, Ali soltou um *jab* no queixo do adversário. O gigante estacou, olhos já vidrados. Ali saiu debaixo de seus braços e foi fulminante: uma seqüência memorável de um-dois na cabeça do adversário. E o que se viu, em seguida, foi o maior momento da história do boxe, o golpe que não houve. Aquele gigante desabando, que nem um jatobá podre, caindo em câmera lenta na frente de Ali. Este o acompanhando, pronto para desferir o último golpe. Com o gigante quase de joelhos, seu rosto fica a poucos centímetros das luvas de Ali. O campeão acompanha o adversário, os braços retesados, de quem está pronto para dar o golpe final. E se contém, o golpe não sai, porque não era mais necessário.

Nunca existiu nem existirá lutador como Ali.

24/12/2006

A maior cena da história

Eu tinha 8 anos quando enfrentei o maior desafio da minha vida: a final da Copa do Mundo de 1958. A campanha brasileira havia sido magnífica. Os "canarinhos" eram da família, pois haviam feito a concentração em Poços de Caldas, graças às ligações entre meu pai, Oscar, e Carlos Joel Nelli, da *Gazeta Esportiva*.

Lembro-me até hoje do batizado da minha irmã Inês sendo interrompido pela notícia de que o Brasil acabara de fazer dois a zero na Rússia e o padrinho dr. Martinho, e o padre Trajano, e os pais da batizada comemorando. E a batizada chorando, sem entender nada.

Parecia um sonho, até que se chegou à final contra a Suécia. No dia anterior, meu pai acordou macambúzio. Contou-me a desgraça de 1950 no Maracanã, o Brasil, amplo favorito, sendo derrotado pelo Uruguai. Desde então, a imagem que se consolidara era a do país que amarelava na final, que não acreditava em si, que tinha talento mas não tinha fibra. E foi com esse fantasma pairando sobre nós que fomos assistir ao jogo na casa do seu Alexandre, nosso vizinho.

A transmissão era pela Rádio Bandeirantes, meio tempo com a locução do Pedro Luiz, meio tempo com a do Edson Leite. Mal começa o jogo, a Suécia faz um a zero. Fez-se um silêncio sepulcral não apenas ali, mas em todo o país.

Olhei o largo do São Benedito, que ficava em frente de casa e ainda não tinha sido asfaltado. No centro, a igrejinha de São Benedito, linda, caiada, no seu interior as pinturas preciosas da Via Sacra, na frente dela, a escadaria com vinte degraus. Ali mesmo fiz a promessa: se o Brasil virasse o jogo, além de ir à missa com milho no sapato, eu me comprometeria a lamber, um a um, os degraus da Igreja. Cumpri o prometido, contei para minha mãe, que lavou minha boca com álcool. Mas o Brasil merecia o sacrifício.

Não havia televisão na época em Poços, não havia transmissão ao vivo no Brasil. Mas Pedro Luiz descreveu a cena tal e qual a assistimos dezenas de vezes, nos anos seguintes, seja no cinema, pelo *Canal 100* de Carlos Niemeyer, seja pela televisão. E descreveu com aquela voz inigualável, de emoção contida, contando todos os detalhes do lance, não apenas os principais.

Foi por sua voz que "vi", nascendo, a maior cena da história do país. Enquanto a Seleção parecia imobilizada em campo, Didi foi até o nosso gol, pegou a bola no fundo das redes, colocou-a debaixo do braço e caminhou em direção ao meio do campo, carregando-a como se carrega a um fuzil. Foi andando normalmente e, no caminho, soltando palavras de incentivo aos seus soldados.

O que se viu, dali para frente, jamais o mundo veria outra vez, nem em 1970, nem em 1974 com a Holanda, nem em 1982, com a Seleção de Telê. Era como se não apenas a Seleção, mas o Brasil florescesse como uma laranjeira em flor. Os ecos da Semana de 22, o canto orfeônico de Villa-Lobos, as descobertas culturais de Mário de Andrade, a geração de 1942, os regionalistas, os cantores populares, de repente tudo aparecia nítido aos olhos do mundo e, principalmente, aos olhos do país. *Habemus* um país.

O derrotismo, a baixa auto-estima, o complexo de inferioridade, tudo foi sendo varrido da frente por aqueles passos compassados, firmes do capitão Didi em direção ao meio do campo.

Quando Didi morreu, recordei-me dele em Poços, em 1958 e 1962, a maneira como fazia os exercícios, suas corridas estacionárias nos treinamentos individuais, os lançamentos esplendorosos nos coletivos, o gol de "folha-seca".

Mais tarde foi para o Real Madri, dizem que sofreu boicote do grande Di Stefano. Depois, largou a mulher e se casou com a branca Guiomar. Foi alvo de campanhas preconceituosas de jornais, nada que reduzisse em um milímetro a admiração e gratidão que os brasileiros lhe devotavam.

Os EUA celebram a foto dos fuzileiros em Iwo Jima. O Brasil sempre celebrou o grito do Ipiranga, no quadro de Pedro Américo. Mas para a minha geração, do menino de 8 anos aos velhos septuagenários, a cena de Didi, sua caminhada do nosso gol até o meio de campo, foi um marco, um corte no país que teimava em nascer.

Nos anos seguintes, a auto-estima do país chegaria ao auge. Mesmo com todos os percalços políticos, resistiria incólume ainda por muitos anos.

10/7/2007

Biriba e o tênis de mesa

A celebração do feito de Hugo Hoyama no tênis de mesa me trouxe de volta boas lembranças dos tempos em que praticava o esporte, que sempre teve ídolos de primeira. O maior deles foi Biriba.

Pelé foi gênio aos 17 anos. Aos 13, apenas Biriba no tênis de mesa e Mequinho no xadrez.

A bem da verdade, naqueles anos 1950 e 1960, em que apareceram as primeiras glórias do esporte nacional, o tênis de mesa não chegava a ser atividade nobre. Havia o boxe, com Luizão, Fernando Barreto e, principalmente, Éder Jofre; o futebol, com a geração de 1958; o salto triplo de Ademar Ferreira da Silva, o atletismo múltiplo do grande José Telles da Conceição e o tênis feminino de Maria Esther Bueno, no final dos anos 1950.

Já na década de 1960, Thomaz Koch surgia como o grande nome do tênis masculino brasileiro, mas provocava uma implicância danada da imprensa. Para alguns, o craque brasileiro era Ronald Barnes, que se tornou professor de tênis nos Estados Unidos. Outros insistiam em Edson Mandarino, outros falavam muito de um carioca, campeão amador brasileiro, de nome Jorge Paulo Lehmann — futuro Banco Garantia. Mas quem levava os títulos era mesmo o Koch, que ainda por cima usava um rabo de cavalo à Woodstock que lhe dava um certo ar de contracultura zen.

O tênis de mesa era o primo pobre do tênis de quadra. Mas foi nele que apareceria o mais precoce fenômeno do esporte brasileiro: Biriba.

Lá na Associação Atlética Caldense sempre tivemos boa tradição no tênis de mesa, que remontava aos anos 1940. Nos anos 1960, veio morar na cidade o Paulo Eugênio, ex-campeão carioca de duplas, e que era filho do Vivaldi, o grande empreendedor que transformou a Cinelândia do Rio e construiu o Quisisana em Poços — que teria sido um dos maiores hotéis-cassinos do país, não fosse o fato de alguns meses após a inauguração dona Santinha ter convencido o presidente Dutra a fechar o jogo.

O Paulo Eugênio era um fenômeno — pelo menos era o que a gente pensava. Tinha uma doença qualquer que atrapalhava seus movimentos, por isso quase não se movia sobre a mesa. Ficava na defensiva, com aqueles movimentos de cortes curtos para baixo na bola, que a gente chamava de nheco-nheco. A tática impedia o ataque do adversário. Era só o adversário cansar com o ataque para Paulo Eugênio desfechar um *top spin* mortal — aquele golpe longo na bola, com a raquete fazendo um movimento de baixo para cima, que confere um efeito em forma de elipse. As cortadas de Paulo Eugênio eram apenas colocadas. Mas ele tinha um lance qualquer, uma forma de "não" olhar a bola, que sempre jogava o adversário no lado oposto da mesa.

Comecei a praticar o tênis de mesa aos 14 anos. Os mais antigos — como o Romeu Popó, o Armandinho e o Rui — diziam que o tal do *top spin* tinha sido ensinado ao Paulo Eugênio por coreanos que foram jogar no Rio. Eu e o Amílcar Caselli Neto, o Netinho — meu companheiro de treinos —, ficávamos muito impressionados.

O grande momento do tênis de mesa em Poços foi quando Paulo Eugênio convidou Biriba para uma temporada no Quisisana, com direito a treinos diários matinais. A molecada da Caldense ia toda para lá ver o Biriba cortar e o Paulo Eugênio aparar.

Pois eu dizia do craque precoce. Biriba tinha 13 anos quando foi disputar o campeonato mundial, no Japão. Na segunda ou terceira rodada pegou o então campeão mundial, e o venceu. Há um lance no jogo que entrou para a história do tênis de mesa mundial. Foi quando o campeão japonês deu uma cortada forte, a bola bateu perto da rede e subiu que nem foguete. A bola passou por Biriba que, rápido como um raio, deu um salto e cortou a bola de costas, conquistando o ponto. A fotografia do lance foi aproveitado por uma fábrica japonesa para lançar a raquete Biriba, das mais prestigiadas da época. Depois disso, não havia moleque brasileiro que não sonhasse em ser como o Biriba.

Tive lá meu curto período de bom jogador, cheguei a ser campeão de Poços e vice da Média Mogiana. Depois, o Tiro-de-Guerra acabou com meu tempo livre e disputei um campeonato mineiro em péssimas condições técnicas.

Foi nesse campeonato que a glória de Paulo Eugênio atingiria o máximo. Venceu todos os campeões mineiros, um povo de Belo Horizonte que chegou em Poços achando que estava em cima da carne-seca. Na decisão, destruiu o campeão Ivan em dois *sets*, deixando-o estatelado umas duas vezes no chão com seu estranho golpe de corpo.

Voltei a me entusiasmar com o tênis de mesa no ano seguinte quando, recém-chegado a São Paulo, conheci o Pedrinho, filho de iugoslavos, dono de uma banca de revistas na rua Maria Paula, integrante da Seleção Paulista de Veteranos e um gozador incorrigível. O dia em que Pedrinho ficou de me apresentar o pai de Biriba foi o mais glorioso de minha curta carreira de caipira recém-chegado a São Paulo. Saí mais cedo da faculdade só para antecipar o grande encontro.

Seu Biribão tinha uma loja que vendia frangos engradados, na Vila Maria Alta. Lá, o pai coruja mostrou os álbuns com recortes de jornais sobre o filho. Depois, explicou que a carreira de Biriba começou a declinar com a idade, porque sua grande vantagem eram as pernas ágeis de menino.

A conversa fluiu e perguntei de Paulo Eugênio. "Ah, o Paulinho, grande amigo nosso", disse ele. "E grande jogador, né?", arrisquei. "Não, como jogador era fraquinho" — era o velho Biribão dos frangos engradados deixando em frangalhos a reputação do nosso campeão. Tentei argumentar: "Fraco perto do seu filho, que quase foi campeão mundial." E seu Biribão, decretando a sentença de morte em minha crença de que algum dia poderia vir a me tornar um bom jogador: "Que nada. Até eu ganhava dele."

Nunca contei essa história em Poços para não desiludir a minha geração de mesatenistas. Conto agora, porque acho que eles já estão em idade de absorver esse golpe.

28/7/2007

Carlos, o goleiro trágico da Caldense

Carlos foi o ídolo da Caldense de Poços de Caldas, lá pela segunda metade dos anos 1950. Era um goleiro clássico, que se vestia de negro, andava quase parado no gol, e tinha senso de colocação e um carisma que, tenho a impressão, nenhum goleiro da cidade conseguiu igualar. Nem mesmo o histórico Miné, goleiro tão carismático que só depois que viu que não tinha chances com ele, dona Maria Rodrigues Alves decidiu se casar com um filho de presidente da República.

Algumas décadas antes, lá pelos anos 1930, a cidade não tinha cirurgião, o que era motivo de imensa inveja da vizinha São João da Boa Vista, que tinha um cirurgião que, freqüentemente, precisava ser emprestado a Poços.

Até que dona Nini Mourão casou-se com o dr. Clodoveu Davis, grande figura, mas impropriamente apresentada à cidade como cirurgião.

Um dia Miné teve um problema na perna, não sei se nos meniscos ou algum outro tipo de contusão, e decidiram que precisava ser operado. Era a estréia do dr. Davis. A cidade inteira rumou para a Santa Casa, que ficava na Rua 15 de Novembro.

Um locutor da Rádio Cultura ficou no alto da escada, de onde se via a sala de operações, e passou a narrar o jogo.

— Entra Miné, de maca. Agora entra o dr. Davis, coloca as luvas, pede o bisturi para a enfermeira, dá o primeiro corte...

Gol contra! Nervoso com a torcida, dr. Davis seccionou um músculo do Miné, que nunca mais pôde jogar bola. Anos depois, um sobrinho do dr. Davis me confessou que o tio ficava tonto quando via sangue.

Depois de Miné, apareceu Carlos, goleiro na histórica campanha dos 57 jogos invictos da Veterana, tempo em que meu pai foi diretor de futebol. Era também o batedor oficial de faltas perigosas e de pênalti do clube.

Na época, eu era muito menino para entender algumas coisas que se falava sobre Carlos. Soube muitos anos depois por meu pai e por alguns velhos diretores da Caldense. O goleiro era pedófilo. Nem sei se o termo era esse. Pedófilo, entendo eu, é o sujeito que se prevalece da idade para forçar ou induzir crianças a satisfazer suas taras. Imagino um sujeito doente, frio, calculista.

Carlos se apaixonou perdidamente por um menino de 12 anos, cujo nome me eximirei de citar, mas filho de uma pessoa influente na cidade. Foi paixão mesmo, com direito a crises violentas de ciúmes. Muitas vezes, deixaram-se flagrar no campo da Caldense. Em uma das crises bravas, tiveram um quebra-pau em frente à farmácia do meu pai, em pleno centro da cidade, com Carlos desvairado cobrindo o menino de porradas. Meu pai teve que apartar, arrastar Carlos para dentro da farmácia e, depois, impedir que o pai enlouquecido do menino atirasse no goleiro.

Os escândalos acabaram abafados em uma cidade pequena, em um período em que a pedofilia era um tabu tão arraigado que se ocultavam até problemas sérios que ocorriam no internato do Colégio Marista.

Tempos depois, apresentado por Mauro ou Bellini — provavelmente Mauro — Carlos veio tentar carreira no São Paulo. Sua carreira não passou do período de experiência, porque se envolveu com outro menino, filho de um diretor do clube. Aí acabou-se.

Ao contrário de muitas cidades pequenas do interior, Poços de Caldas sabia ser generosa, não destruir reputações, entender tragédias, separar a vítima do agressor. Graças a isso, o menino de Carlos superou os traumas, cresceu, casou-se, mudou da cidade. Conheci-o no final da adolescência, perfeitamente integrado à vida da cidade. Tão integrado, e poupado, que só muitos anos depois soube desses episódios, em uma conversa com meu pai.

Quanto a Carlos, nunca mais se ouviu falar dele. Talvez o Décio Alves de Morais ou o Hugo Pontes, grandes historiadores da Caldense, tenham alguma informação.

Mas, depois que soube dos episódios, sempre fiquei com uma pulga atrás da orelha, querendo entender os sentimentos tão ambíguos que se passavam na cabeça daquele goleiro. Às vezes me fica a impressão de que, mais que tara, Carlos foi vítima de um tipo diferente de paixão.

3/7/2007

Os locutores de futebol

Estava ouvindo um CD de Morengueira da Silva, e em um dos sambas de breque ele menciona Oduvaldo Cozzi. Não sei se você se lembra dele. Eu nunca o ouvi, mas era uma lenda no futebol de rádio na minha infância. E aí me dei conta de que, naqueles tempos de rádio rabo quente, sem acesso à televisão — pelo menos lá no interior — os radiolocutores de futebol eram semideuses para nós.

Quando entrei na idade da razão, lá pelos 6 ou 7 anos de idade, as rádios do Rio de Janeiro ainda pontificavam em todo o Brasil, especialmente a rádio Nacional e a Globo. A gente acha que o Sistema Globo começou com a televisão ou com o jornal, mas naqueles tempos o grande veículo do grupo era a rádio Globo.

Em toda emissora havia a dobradinha comentarista-analistas. Os mais famosos, naquele meu início de aprendizado, eram os da rádio Nacional, Jorge Cury (irmão de Ivon Cury) e, acho, Oswaldo Cordeiro. Eram famosos por conta da rádio Nacional, mesmo porque sua lembrança se perdeu no tempo.

Sobreviveu muito mais forte a de Ary Barroso e sua "gaitinha", que nem sei em qual emissora se apresentava.

O grande locutor da história do rádio talvez tenha sido Pedro Luiz, que narrou o primeiro tempo do jogo Brasil e Suécia na final da Copa de 1958. No segundo tempo o locutor foi Edson Leite. Foi uma dupla de fazer história. Pedro Luiz tinha uma capacidade de descrever detalhes que só vi, anos depois, em José Silvério, da Jovem Pan. Os especialistas dizem que foi o maior da história.

Mais tarde, fez dupla memorável com o comentarista Mário Moraes, um ranzinza autor de imagens clássicas, como o famoso "aquele jogador só usa a perna esquerda para subir no ônibus". Mário Moraes se deu bem com a televisão, Pedro Luiz, menos. Como já tinha o suporte da imagem, a televisão precisava de mais show e menos detalhes. Por isso mesmo, o primeiro grande nome exclusivamente de televisão foi Geraldo José de Almeida, o pai do Galvão Bueno, com seu estilo retumbante, fundamental na consolidação da TV Globo naquele início dos anos 1970.

No rádio, o grande nome que surge nos anos 1960, para nós lá do interior, foi o de João Saldanha, um ídolo imbatível, tanto no rádio quanto, mais tarde, na televisão. Ainda mais depois que deu a garra à seleção que conquistou a Copa de 1970. Como técnico das eliminatórias criou a imagem das "feras de Saldanha" e acabou com o início de complexo de inferioridade ao qual estávamos sendo jogados depois do desastre da Copa de 1966.

Conheci o mestre em meados dos anos 1970, quando o Juca Kfoury convocou um grupo de jornalistas, a maioria do antigo partidão, e uns independentes, como eu, para auxiliar o prefeito de Piracicaba, João Hermann, que estava sendo massacrado pela burguesia da região. Além do Saldanha, na reunião estavam ainda o Henfil e o frei Betto, se não me engano. Quando foi solicitado que o Hermann descrevesse o teor da campanha insidiosa que lhe moviam, sacou um jornal com a manchete bombástica: "Prefeito morde a omoplata da secretária em festa de Réveillon." "Aconteceu?", indagou Saldanha. E o acusado, cabisbaixo, "aconteceu". O grupo achou que era caso perdido.

A carreira de Saldanha encerrou-se quando comentou o jogo Brasil e Holanda, na Copa de 1974. De tão nervoso com a qualidade do adversário, Saldanha comentou o jogo de pileque. Está desculpado. Ninguém agüentaria aquela tensão de cara limpa.

O rádio permaneceria dividido entre os locutores narradores e os locutores-show. No segundo grupo, Fiori Gigliotti foi um nome portentoso. Mas o grande nome de locutor-show mesmo foi Osmar Santos. Suas transmissões ainda hoje ecoam nos ouvidos de todos aqueles que tiveram o prazer de viver os últimos momentos de predomínio dos locutores de futebol no rádio.

Janeiro de 2005.

Didi, Vavá e Zizinho

Em pouco tempo morreram três lendas do futebol nacional: Zizinho, o grande capitão da Copa de 1950, Didi, o comandante maior das Copas de 1958 e 1962, e Vavá, o imenso centroavante de 1958.

A bem da verdade, não tenho certeza se alguma vez assisti a Zizinho jogando, reconhecido por todos os que o viram jogar como o maior da história, depois de Pelé.

Digo não ter certeza porque certa vez, lá pelo início dos anos 1960, uma seleção brasileira de veteranos se apresentou em Poços de Caldas. Mas acho que Zizinho não foi, porque todos os olhos se voltavam para Jair da Rosa Pinto, o Jajá, meio-campista companheiro de Zizinho na Copa de 1950, canelas finas, emérito lançador, temível cobrador de faltas e ainda uma lenda viva. Aliás, a seleção de veteranos era do Palmeiras e a gente ficava no bambuzal, atrás do gol, para conferir o tamanho da mão do goleiro Oberdã, o mão-de-onça.

Infelizmente a televisão engatinhava, o *Canal 100* de Carlos Niemeyer ainda não tinha a expressão que veio adquirir depois, de maior documentarista da história do futebol brasileiro, e ficamos sem as grandes cenas da geração anterior a 1958. Portanto as lendas do esporte começaram a se firmar, mesmo, a partir da Copa de 1958.

São inegáveis a importância do futebol na formação do caráter nacional e, especialmente, as chamadas cenas épicas, aquelas que se fixam no imaginário popular, que ajudam a superar complexos, a firmar a auto-estima.

O símbolo máximo do moderno Estados Unidos é a foto dos soldados fincando a bandeira do país no monte de Ivo Jima, na Segunda Guerra. Para o Brasil, são as cenas inesquecíveis do futebol, que puderam ser registradas por fotógrafos e cinegrafistas de TV e cinema.

Em 1958, as fotos com as arrancadas e os gols do centroavante Vavá, especialmente no jogo contra a Rússia e a França, provocavam arrepios de emoção. Parecia uma flecha em direção ao gol. Sempre admirei o estilo de outros centroavantes rompedores, como Silva, César, Roberto Dinamite, do imenso Careca. Mas os botes de Vavá eram inigualáveis.

Outro momento histórico foi a garra de Garrincha na Seleção de 1962, assim como a garra e a cabeçada de Zito encerrando o placar no jogo final contra a Tchecoslováquia. A participação de Amarildo, substituindo Pelé e salvando o Brasil no jogo contra a Espanha, foi outro momento clássico de garra, desmentindo esse terrível sentimento da fracassomania que nos acompanha desde tempos imemoriais.

Foi do mesmo teor a participação de Almir, substituindo Pelé na histórica vitória do Santos sobre o Milan, lá pelo início dos anos 1960, na conquista do bicampeonato de clubes. E a de Pelé na vitória do Santos sobre o Benfica de Eusébio, logo após a Copa de 1962.

Outra cena que tocou fundo todo o país foi a arrancada e o gol do meio-campista Clodoaldo contra o Uruguai, na Copa de 1970.

Era a primeira vez que o Brasil enfrentava na Copa o inimigo que provocou o maior trauma da história do futebol brasileiro, nos derrotando na final da Copa de 1950. No primeiro tempo, a Seleção Brasileira sentiu o peso da lenda e andou lenta, temerosa. Foram Clodoaldo e Everaldo, o lateral-esquerdo gaúcho, os que sustentaram a fibra da Seleção e abriram espaço para a vitória e para o baile do segundo tempo. A participação de Romário na conquista da copa de 1994 foi outro momento heróico.

Mas as duas cenas que ajudaram a superar de vez o complexo de inferioridade do país foram de Didi. Em 1958 a Seleção Brasileira se concentrou para a Copa em Poços de Caldas, graças ao relacionamento de meu pai, então diretor da Caldense, com o influente Carlos Joel Nelli, figura máxima do jornalismo esportivo da época.

Pelé ainda não explodira na Copa. O grande nome era Didi e sua "folha-seca", o seu modo de bater faltas que fazia a bola subir e depois mudar a trajetória em pleno vôo e cair como uma folha no gol adversário.

Seu maior momento, e o maior da história brasileira foi na final, quando a Suécia inaugurou o placar. O país parou, lembrando-se da maldição do Maracanã (a derrota do Brasil na final da Copa de 1950), estarrecido, tremendo como se tomado de febre malsã. A maldição do Maracanã parecia de volta para sempre.

Calmamente Didi foi até o fundo do gol, pegou a bola, colocou debaixo dos braços como se coloca um fuzil, e caminhou firme até o meio do campo, acalmando os companheiros.

A partir dali a bola rolou como nunca antes havia rolado. Pela primeira vez na história a "fracassomania" era derrotada e o país perdia o medo de ser campeão.

Não julguem ser exagero, mas diria que aquela cena marcou o início oficial do Brasil moderno, do país que perdia gradativamente o medo de ser campeão, que passava a superar a "fracassomania" abrindo espaço para o sentimento de modernização que marcou os anos seguintes e que mudariam para sempre a cara do país.

16/2/2002

Personagens da história

O último guerreiro de Vargas

Uma das características menos explicadas do Plano Real foi a obsessão com o chamado legado de Getúlio Vargas. Não se tratava apenas de mudar um modelo que se esgotou com o tempo. Havia uma crítica visceral e histórica, de julgar os atos de Vargas fora do seu contexto histórico. Nenhuma crítica foi mais exacerbada que a de Gustavo Franco, o grande ideólogo do Real.

Hoje em dia, parte do legado de Vargas está depositada nas mãos e na memória de um senhor de 89 anos, de nome Guilherme Arinos. Todo dia 24 de agosto, o velho senhor manda celebrar uma missa em homenagem a Getúlio Vargas. No momento, está criando uma associação de defesa da memória de Vargas, que tem, entre seus integrantes, a ex-deputada Ivete Vargas e o ex-governador do Rio de Janeiro Marcello Alencar. Guilherme Arinos tornou-se assessor pessoal de Vargas no longínquo ano de 1942, com apenas 26 anos. Desde os 20 anos já trabalhava com Vargas. É dono de uma biografia extraordinária.

Nasceu no interior do Amazonas em 1916, em um subúrbio do município de Itacoatiara, nas margens do rio Solimões. O nome Arinos é em homenagem a um dos rios da região. Fez o ginásio na própria cidade. Em 1933, houve concurso nacional do Banco do Brasil. A família juntou toda sua poupança para conseguir comprar uma passagem de terceira classe para Guilherme, que levou oito dias para chegar a Belém.

Saiu-se tão bem nas provas de matemática e de português que o inspetor-chefe Ovídio Xavier de Abreu mandou-o escolher a praça que quisesse para trabalhar. Como queria aprender sobre câmbio, optou pela agência de Belém.

Quando estourou a Segunda Guerra, o país não sabia como administrar a questão cambial. Foram convocados 11 funcionários do BB para pensar em uma estratégia de defesa das reservas cambiais, entre eles o jovem Guilherme. Dos estudos saíram os regulamentos de criação da Coordenação de Mobilização Econômica, e, depois, da Carteira de Exportação e Importação (Cexim). Guilherme foi convocado para assessorar o segundo presidente, Gastão Vidigal — o primeiro, Leonardo Truda, morreu uma semana após assumir.

Dois meses depois, recebeu recado de Alzira Vargas, secretária e filha de Vargas, convidando-o a trabalhar com o presidente, que precisava de alguém que conhecesse câmbio. Tornou-se oficial de gabinete e, logo após, secretário particular de Vargas.

Em 29 de outubro de 1945, quando o general Cordeiro de Farias comunicou a Vargas sua deposição, Guilherme passou 29 dias detido em um quartel. Quando saiu, apresentou-se ao novo presidente do BB, o velho conhecido Ovídio, que lhe perguntou onde gostaria de trabalhar. E ele: com o dr. Getúlio.

Seguiu para o Rio Grande e foi morar com Vargas na pequena fazenda Santo Reis, em São Borja, para onde o presidente se mudou depois de se desentender com o irmão Protásio. Eram três morando durante dois anos em uma casa sem luz elétrica: dr. Getúlio, Guilherme e Gregório Fortunato.

Lá, ele teve o privilégio de compartilhar da intimidade do homem mais poderoso e fechado do Brasil. Um dia, Getúlio lhe perguntou por que os juros eram tão altos. E o "índio" (como passou a ser chamado por Vargas, depois que deixou de ser "menino") disse-lhe que porque o dinheiro era escasso. "Você não é bancário?", indagou Vargas. "Por que não inventa um banco que arranje o dinheiro?"

Guilherme pegou um pedaço de papel em branco e rascunhou o esboço de um banco de desenvolvimento. Quando Getúlio foi eleito em 1950, seu trabalho serviu de base para a criação do BNDES.

Acompanhou dr. Getúlio a vida toda, mesmo depois daquele tiro que o matou em 24 de agosto de 1954. Em sua sala, tem espaço apenas para Getúlio, retratos, pinturas, livros na estante e em cima da mesa do escritório. Há uma exceção apenas, um retrato dos quatro netos e do filho do qual ele tem enorme orgulho: Gustavo Franco, que há 15 anos luta obsessivamente para liquidar com o legado do dr. Getúlio. Mas, enquanto Guilherme Arinos Limaverde Barroso Franco viver, dr. Getúlio também viverá.

19/6/2005

A madura idade

Recebo a seguinte carta de Gustavo Franco, 15 anos mais velho que o templário da PUC, dez anos mais velho que o economista do Real:

"Escrevo para lhe agradecer pela crônica, 'O último guerreiro de Vargas', a propósito de Guilherme Arinos, meu pai."

"Meu pai é um homem extraordinário e que jamais se preocupou e mesmo evitou a notoriedade ou o reconhecimento, jamais quis se apropriar do legado do 'Velho Getúlio' ou retirar qualquer espécie de vantagem do relacionamento privilegiado que tiveram. Sobre meu pai, Helio Fernandes disse, certa vez, que 'foi o único que serviu a Vargas sem dele se servir'.

"Meu pai tampouco fez alarde de qualquer de suas contribuições pessoais ao 'legado' do Velho, pois a ele nunca importou a autoria, mas a contribuição em si, e principalmente o projeto maior. Grande lição, esta. A ele sempre importou, mais que tudo, o desejo de servir ao Brasil, ao próximo, ao menos favorecido, sem contrapartida, e foi isto o que fez a vida toda, como homem público, como empresário bem-sucedido e em suas inacreditavelmente múltiplas atividades de benemerência.

"Arinos é sempre lembrado nos aniversários da fundação do BNDES (hoje é único remanescente da primeira diretoria), e em 1983, durante a cerimônia, teve o prazer de ver seu único filho vencer o prestigioso concurso anual de teses de mestrado com uma monografia sobre os primeiros anos da República, que tem sido objeto de várias crônicas suas.

"Mais tarde Arinos viu seu filho ir para o mesmo Ministério da Fazenda onde serviu mais de quarenta anos antes, e depois para o Banco Central, que em sua época de funcionário do Banco do Brasil era apenas um plano. Arinos viu sua família crescer e o Brasil se transformar, e assim adquiriu mais clara a consciência de seu tempo, da *passagem* do tempo, e do *significado* do tempo. Apenas os homens realmente extraordinários, e que tem a benção de viver tão intensamente durante tanto tempo, adquirem esta perspectiva sobre o que é realmente importante na vida.

"Arinos jamais discutiu comigo sobre os rumos do Real, nem mesmo quando interpelou diretamente o Presidente Fernando Henrique quando este declarou que poria fim à Era Vargas. Era apenas uma frase de efeito, FHC disse-lhe pessoalmente, e ele, no fundo, sabia, tanto que Arinos continuou PSDB de carteirinha, membro do diretório carioca.

"Arinos nunca viu contradição entre os imperativos de política econômica dos anos recentes e as conquistas da Era Vargas. A poeira do tempo, ele bem sabe, é fundamental para eliminar as emoções, a espuma e a verborragia sempre a turvar o que é verdadeiramente importante e duradouro nas querelas sobre política econômica. As lições e o legado do 'Velho Getúlio', para mim, sempre estiveram misturados com as lições de meu próprio pai. Se eu estava em sintonia com ele, como dizer que estava atacando o legado que ele preservava?

"Arinos já viu de tudo. Sabe que existem muitas maneiras de servir ao Brasil, muitas formas sinceras de nacionalismo, e que existem muitas fórmulas diferentes para 'um grande homem'. E sabe que esses cânones mudam com o tempo. Todas essas fórmulas, contudo, devem caber dentro dos ideais de generosidade e desprendimento que aprendi em casa, com ele, e que pareciam vir, por transitividade, do 'Velho Getúlio'. Não são ideais diferentes dos que vi em FHC, com todas as variações de personalidade e circunstância, ou dos que vislumbro, onde é possível enxergar, no presidente Lula. Felizmente, o Brasil tem muitos grandes homens, muitos dos quais pensam como nós, e muitos outros discordam de cada palavra. E viva a diferença.

"O que importa, e nos une ao fim das contas, é a lealdade às nossas idéias, a honestidade intelectual e o desejo de servir ao Brasil, sem nada em troca, e freqüentemente apenas com os ônus provocados pelos descontentes e ressentidos, ou apenas com a incompreensão e indiferença até mesmo dos beneficiados.

"Aceite um abraço muito especial"

Gustavo H. B. Franco

26/6/2005

O parto do Estado Novo

Em 23 de fevereiro de 1937 Getúlio chegou a Poços com a família a bordo do avião *Rio Grande do Norte*, que decolou de Petrópolis pilotado por Clóvis Barcelos, a fim de reunir-se com Valadares para tratar da sucessão. Foi mais uma sucessão infindável de eventos, batizada de "Semana Presidencial".

Pelo menos para os cartomantes e quiromancistas que invadiam a cidade, os astros apontavam turbulências no ar, e indiscutíveis tendências continuístas de Vargas, como pode testemunhar o jovem repórter dos Associados, Arnon de Mello, que descreveu com detalhes o clima de puxa-saquismo que empurrava Vargas para o golpe. Estava em plenos preparativos o movimento que ficou conhecido na história como o "Pacto de Poços de Caldas", que implantou o Estado Novo.

No primeiro dia em Poços, Vargas fez seu primeiro passeio pelos arredores da cidade acompanhado da filha Alzira, do prefeito Assis Figueiredo, do comandante Amaral Peixoto, coronel João Cancio, Flavio Barroso Miranda de Moura, deputado Daniel de Carvalho e senhora, Lima Rocha e senhora, e do próprio repórter Arnon de Mello.

Na volta, Assis insistiu para que Vargas visitasse a Caixa d'Água, onde o aguardava um dos monumentais almoços mineiros do cozinheiro Gijo, com lingüiça, lombinho assado no espeto. Getúlio estava à vontade. Fez blagues, falou um pouco sobre a revolução de 1932.

Pouco a pouco chegam mais convidados, o governador Valadares, o ministro Mário Mattos, o secretário do Interior José Maria Alkmin, o deputado Juscelino Kubitschek. O almoço é francamente cordial. O protocolo é deixado de lado e a toda hora Vargas enfatiza que estava ali como um cidadão em férias.

Um crioulo executa músicas de sanfona. Valadares pede-lhe para tocar "Saudade de Ouro Preto". O almoço quase terminando, na ponta mais animada da mesa lembram que um ocultista, Sana-Khan, deseja ler a mão de Getúlio. Um puxa-saco diz que, segundo a astrologia, Getúlio nasceu para ter uma coroa. No mesmo instante um outro acólito prepara uma coroa rústica de folhagens que vai sendo passada de mãos em mãos até parar em Valadares. Este observa com malícia fina: "Será um presságio? Coroa, época de sucessão..." Valadares passa a coroa para outra mesa. Ela retorna pelas mãos de uma senhorita, que a coloca na cabeça de Vargas.

Getúlio está distraído comendo marmelada e é surpreendido por uma coroação inesperada. Muitas palmas, mas ninguém se lembrou de perguntar o que Vargas estaria pensando naquela hora. Alguns dias depois, a decretação do Estado Novo traria à tona os resultados daquele que parecia ser um simples almoço mineiro.

11/11/2007

A saga de Álvaro Alberto

O desenvolvimento da moderna pesquisa tecnológica brasileira está diretamente associado à energia nuclear. Nos anos 1970, o início do programa nuclear Brasil-Alemanha levou o então Secretário de Tecnologia do governo Figueiredo, José Israel Vargas, a montar os primeiros programas sistemáticos de qualidade. O fracasso do programa levou o Conselho Nacional de Energia Nuclear (CNEM) a montar uma parceria inédita com a universidade e, através do Ipen (Instituto de Pesquisas Nucleares), a controlar o processo de enriquecimento do urânio.

No início dos anos 50, foi a busca do domínio sobre a energia nuclear que levou o governo a criar o Conselho Nacional de Pesquisas (CNPq) e entregar seu comando ao almirante Álvaro Alberto.

Naqueles anos, o Brasil esteve a ponto de ter seu primeiro reator atômico, uma história ainda pouco conhecida. A guerra fria já começara quando Álvaro Alberto esteve nos EUA. Uma sucessão de acordos militares mal-explicados tinha conferido aos americanos o monopólio sobre a pesquisa de minerais brasileiros. Na época, Álvaro Alberto havia enviado minérios brasileiros à França, na esperança de conseguir o apoio dos franceses ao projeto nuclear brasileiro. Quando a informação vazou, provocou enorme reação de Washington.

Em sua visita aos EUA, Álvaro Alberto havia se avistado com o "pai" da bomba atômica americana, o físico Robert Oppenheimer. Os acordos firmados com os EUA garantiam ao Brasil a entrega de alguns reatores pequenos, apenas para pesquisa de laboratório. O conselho de Oppenheimer havia sido outro: "No Brasil, não há o que discutir (...) Tem que fazer logo o reator atômico", disse-lhe o físico. Sugeriu a construção de um reator simples. "Deixem essa história de reator experimental e façam um reator desse tipo, porque servirá de escola para vocês."

Seguindo a sugestão, e ante a resistência dos EUA em fornecer tecnologia, Álvaro Alberto encomendou à Alemanha três unidades de ultracentrifugadores (sistema para enriquecimento de urânio). Isso foi em princípio de 1954. As tropas de ocupação da Alemanha não autorizaram a venda.

Tempos depois, restabeleceu-se a soberania da Alemanha. Mas um documento do governo americano ao brasileiro, que permaneceu sob sigilo por algum tempo, encerrou as negociações. Apesar do equipamento claramente não poder ser utilizado para fins bélicos, o documento dizia que "o estabelecimento no Brasil de um processo de extração de urânio físsil (...) poder ser considerado como uma ameaça potencial à segurança dos Estados Unidos e do Hemisfério Ocidental".

Foram necessários quase cinqüenta anos para se recuperar o terreno perdido e se dominar o ciclo de enriquecimento de urânio. Mas as sementes plantadas por Álvaro Alberto já tinham encontrado terra fértil, ajudando a forjar a parte mais avançada da pesquisa tecnológica brasileira.

21/7/2007

O atentado da rua Toneleros

Os jornais rememoraram, em 2004, os cinqüenta anos do atentado da rua Toneleros, contra Carlos Lacerda. Nele, morreu o Major Vaz. Pressionado pela opinião pública, algumas semanas depois o presidente Getúlio Vargas se suicidaria. Foi um dos episódios centrais da moderna história do país.

Aquele episódio entrou de diversas maneiras na minha vida de moleque do interior. Lacerda era amigo do meu avô Issa, presidente da UDN de Poços e do Clube da Lanterna — a UDN particular do Lacerda.

Foi através do meu avô — e seu sogro —, que o jovem estudante Luiz Fernando Mercadante, até então aluno interno do Colégio Marista de Poços de Caldas, seguiu para o Rio para trabalhar com Lacerda e se tornou o mais promissor jovem jornalista político do seu tempo.

A bem da verdade, eu não tinha idade, nem tenho lembrança do episódio da rua Toneleros, quando ocorreu. Soube depois, pelas minhas tias, que Lacerda foi salvo dos pistoleiros graças a minha avó Martina, ela mesma, que escreveu do próprio punho o Salmo 90 que Lacerda guardava permanentemente na carteira. E ela soube de sua participação no episódio pelo próprio Lacerda que, no dia seguinte, ligou para a casa do meu avô para agradecê-la e atribuir ao Salmo 90 o milagre de ter escapado vivo do atentado.

Quando comecei minha carreira de jornalista, a primeira coisa que vó Martha fez foi escrever o Salmo 90 do próprio punho, e me obrigar a guardar na carteira.

No Colégio Marista, fui aluno do Rosa Branca, o irmão Gregório, descendente de Arthur Bernardes, e um intelectual renascentista. Era pintor, artesão, preparou o único dicionário tupi-guarani existente — e que foi surrupiado por algum aluno inconformado com suas notas. Era parceiro do padre Quevedo naquelas lengalengas de desmistificar fenômenos espíritas. Um de seus feitos foi uma luva de parafina, reprodução perfeita da mão humana, com impressão digital e tudo, em que o dedo indicador formava um arco com o polegar — simbolizando o ato do padre dar a comunhão aos fiéis. Pois Rosa Branca contava ter sido a última pessoa a se despedir de Lacerda, na visita que ele fez ao seminário Marista na rua Toneleros, antes de sair para o saguão e levar os tiros.

A terceira presença de Lacerda em Poços consistia na sua seguidora leal, Sandra Cavalcanti, que passava todas suas férias no Colégio São Domingo. Acho que era irmã de uma das freiras de lá.

Poucas vezes se viu na história do Brasil político mais carismático, jornalista mais brilhante, alma mais atormentada. Tinha em Brizola seu principal adversário em carisma. Havia Jânio, mas não tinha o porte épico de Lacerda. Juarez Távora, talvez. Lembro-me até hoje, no bar de meu avô, aquele herói imenso passando a mão na minha cabeça e prevendo: "Você será um udenista." Fui, mas só até os 14 anos.

Mas Lacerda tinha a pose, o discurso, a coragem, e um brilho incomuns. Quando estourou a Revolução, Castello cometeu a imprudência de enviá-lo a Paris, como embaixador do novo regime.

No aeroporto estava toda a imprensa francesa aguardando-o. A primeira pergunta foi: "Que revolução é essa que não tem sangue?" A primeira e última resposta foi: "Revolução no Brasil é que nem casamento na França." Malcriado. Mas brilhante.

Anos atrás comprei na Collector gravações radiofônicas de discursos dele, acho que na rádio Globo. Não tinha a retórica amazônica dos políticos tradicionais. Tinha a fala clara, pausada, o raciocínio lógico que ia tecendo teias de argumento que enredavam os ouvintes. Sem formação econômica, mas dotado de uma lógica imbatível, enfrentou Roberto Campos no governo Castello Branco. E discutindo economia. Na gravação da Collectors pude apreciar o nível de seus argumentos.

Certa vez indaguei a Campos qual a crítica que mais o afetara. Foi justamente a de Lacerda, que cunhou uma definição mortífera para a política econômica da época: "matava os pobres de fome, e os ricos de raiva".

15/8/2005

Trinta anos sem Lacerda

Os trinta anos da morte de Carlos Lacerda passaram em branco. Foi em 21 de maio de 1977. O maior carbonário da política brasileira, o homem de extraordinária cultura e eloqüência, o jornalista que derrubou dois presidentes, que quase chegou a presidente do Brasil não foi esquecido. Mas o aniversário de sua morte foi ignorado.

Há muitos Lacerdas a se analisar. O golpista, que tentou montar um dossiê falso, a Carta Brandi, que supostamente mostraria a conspiração de Jango com Perón para implantar uma república sindicalista no Brasil. O erudito, que rivalizava com San Tiago Dantas no posto de mais brilhante político brasileiro do seu tempo. O orador extraordinário, que conseguiu deixar mal Roberto Campos em debate sobre a estabilização econômica. O líder carismático, que fazia com que jovens voluntários se dispusessem a ser seus guarda-costas. O amigo de André Maurois, Malraux.

Aliás, aqueles tempos eram tão civilizados que dos anos 1920 aos 1960 a política brasileira conviveu com apenas três dossiês falsos: as cartas de Arthur Bernardes, que criaram problemas com os militares; o Plano Cohen, escrito por Olympio Mourão Filho, que serviu de álibi para a decretação do Estado Novo em 1937; e a Carta Brandi, de Lacerda. Perto da profusão de dossiês de hoje, eram tempos quase angelicais.

Parte relevante sobre a vida de Lacerda está nos arquivos de seu ex-advogado Fernando Velloso que, antes de morrer, doou ao Fernando Moraes.

Lacerda foi um furacão em permanente erupção a vida toda. Cedo ainda, rompeu com o pai Maurício de Lacerda, por ter se separado de sua mãe, Olga Werneck de Lacerda. Ficou rompido quase toda a vida com o irmão Maurício, porque ficou do lado do pai. Reconciliou-se apenas perto do fim.

Uma faceta murmurada, mas pouco divulgado de Lacerda, era seu homossexualismo. Lacerda era um animal sexual, no sentido amplo do termo. Os psicólogos poderão discorrer melhor sobre essa força da natureza que joga a sexualidade como seiva para o trabalho, as batalhas políticas e os embates amorosos.

Tinha 1,82 metro, mas, quando se levantava da mesa, e se apoiava, parecia ter duas vezes mais. Nesses momentos chegava a ser ameaçador. E era essa presença possante, com uma retórica impecável, que intimidava os adversários.

O jovem Carlos Lacerda teve muitas paixões. Em 1952 foi incumbido pelo *Diário Carioca* de cobrir a campanha de Eisenhower, nos Estados Unidos. Pegou o avião, mas parou em Belém do Pará onde ficou por vários meses, apaixonado por uma prima.

Tempos depois, parecia apaixonado por Maria Fernanda, atriz filha da poetisa Cecília Meirelles. O jogo era mais complexo. O jovem Carlos Lacerda havia sido apaixonado pela própria Cecília, trinta anos mais velha, quando foi sua foca, provavelmente no *Observador Econômico*, revista de economia da época. Poderosa, inatingível, a poeta deu-lhe apenas atenção. Muitos anos depois, aproximou-se de Maria Fernanda, filha de Cecília, mas para ficar próximo de um parente dela, por quem ficou perdidamente apaixonado, sem ter sido correspondido.

Em um livro esgotado, *O Livro de Antonio* (José Olympio, 1974), o romancista Antonio Carlos Villaça narra uma cena na fazenda Bocaina, de Severo Gomes, de um Lacerda desesperado de paixão.

Tudo era suportado estoicamente por dona Letícia, sua esposa. Se não era fácil ser amigo de Lacerda, devido ao seu temperamento instável, explosivo, muito menos ser esposa.

Dona Letícia foi uma moça bonita, irônica, inteligente, culta, e absolutamente discreta em público. Padecia de uma surdez crônica, que a levou até a Suíça para se tratar. Quinze dias depois da morte de Lacerda, um grupo de amigos foi almoçar com ela no Rócio, a chácara que tinham em Petrópolis. No meio do almoço, uma das senhoras comentou alguma coisa e dona Letícia respondeu. João Condé, jornalista cultural, mostrou-se surpreso: "Ora, Letícia, você não tinha problemas de audição?" E ela: "Com 15 dias da morte do Carlos, já posso começar a ouvir de novo."

Foi esposa dedicada a vida toda. Aos amigos costumava dizer que era a única mulher nascida em Valença que tinha lido toda a *Enciclopédia Britânica*. Depois contava, gozadora, que Lacerda chegava todo dia à noite, depois de jantar no Neno, sentava-se na cadeira de balanço que foi de seu avô, e passava horas reclamando das pessoas e da política. E dona Letícia ao lado... lendo a *Enciclopédia Britânica* para desanuviar.

Apesar das constantes aventuras, apenas uma vez Lacerda saiu de casa, um mês antes de sua morte. Ficou na casa do amigo Fernando Delamare, mas voltou a tempo de morrer em casa.

Sua carreira política terminou um pouco antes da sua morte, quando o SNI infiltrou um agente bonitão como jardineiro de sua casa em Petrópolis, que acabou gravando uma cantada dele.

10/6/2007

Baby Pignatari: a celebridade esquecida

Um pequeno livro organizado por Alcy Cheuiche, traz alguns elementos sobre a vida do Hugh Hefner brasileiro, o mais famoso playboy-empresário brasileiro de todos os tempos, Baby Pignatari.

Neto do conde Francesco Matarazzo, o fundador das Indústrias Reunidas Francisco Matarazzo, Baby foi um personagem singular na vida econômica e social do país.

No início da década de 1910, já industrial poderoso no Brasil, Francesco decidiu retornar à Itália, devido às suas ligações com o Banco de Nápoles. Lá, sua filha Lyidia conheceu o médico Giulio Pignatari. Casam-se em 1915. Em 11 de fevereiro de 1917, nasce Baby, na verdade Francisco Pignatari. Pouco depois, a Primeira Guerra traz a família Matarazzo de volta ao Brasil.

Giulio resolveu se virar por conta própria e, com o apoio do sogro, tornou-se dono da Laminação Nacional de Metais, empresa que cresceu rapidamente.

Durante o carnaval de 1937, Baby perdeu o avô, no dia exato em que completava 20 anos. Um mês depois, morreu o pai. Desde então, a boemia teve que conviver com o trabalho pesado.

Sua vida sentimental foi entremeada de grandes paixões e enormes galinhagens. A era das paixões foi inaugurada em 1939, quando conheceu Marina, a mulher mais bela da Ilha de Ischia, filha do proprietário da Vila Zavota, onde Garibaldi ficara em convalescença quando ferido na campanha pela unificação da Itália. Marina ganharia o apelido de "Mimosa" e lhe daria o único filho, Giulio Cesare, que teria uma vida trágica.

Por aquele tempo, Baby começara a fabricação dos famosos aviões Paulistinha, impulsionado por uma campanha de Assis Chateaubriand, de incentivo à criação de aeroclubes pelo país. Em 1942, foi convidado para uma conversa com Getúlio Vargas, que lhe ofereceu participação na recém-criada Companhia Brasileira de Cobre, para explorar as minas de Caçapava do Sul. Baby aceitou, depositou o valor correspondente à sua parte e seria, dali para a frente, o rei do cobre no Brasil.

Bem-sucedido como empresário, Baby voltaria a investir na carreira de boêmio, tornando-se membro honorário do famoso Clube dos Cafajestes do Rio de Janeiro. O casamento com Mimosa havia acabado. Mas, logo depois, veio a segunda paixão, Nelita Alves de Lima. Para ela, prometeu a famosa casa na Chácara Tangará, depois adquirida pela Bunge para a construção do complexo Panamby. O casamento com Nelita durou até 1957.

Solto novamente, Baby retomou sua carreira de conquistador internacional, tendo um caso rumoroso com Linda Christian, ex-Tyrone Power. Foi um caso tumultuado, com direito a troca de sopapos em público e um fim de caso inesquecível: da suíte de seu apartamento, no Hotel Excelsior, em Copacabana, Linda é acordada por uma passeata de vinte táxis lotados de mendigos, portando cartazes onde estava escrito "Linda, Go Home".

O grande caso de Baby, que chegaria a rivalizar com as desventuras do casal Liz Taylor-Richard Burton, foi com a princesa Ira von

Furstenberg, filha do príncipe Tassilo von Furstenberg e de Clara Agnelli. Linda, casou-se muito jovem com o príncipe espanhol Alfonso von und zu Hohenlohe-Langenburg.

Baby acaba se separando poucos anos depois. Seu último casamento foi com Regina Fernandes, trinta anos mais moça, e que tinha apenas 18 anos quando se casaram.

O fim de Baby foi inglório. Com resistências no regime militar, enfrentou enormes dificuldades com sua mina de cobre em Camaçari, a abertura indiscriminada das importações de cobre. Depois, a doença que o matou com pouco mais de 60 anos.

Morto, a herança foi pilhada. O filho Júlio era dependente de drogas e interditado. Advogados conseguiram levantar a interdição e assumiram a sua guarda, praticamente desaparecendo com seus bens. Pela venda da Chácara Tangará, o filho recebeu o equivalente a um carro Aero Willys.

Depois, morreu o filho de morte súbita, morreu Regina, de morte estranha, e morreram outros mais, em uma história policial que ainda não foi contada.

19/8/2006

O jornalista Otávio Frias

Otávio Frias de Oliveira, o seu Frias, foi o mais importante jornalista brasileiro das últimas duas décadas. Era fundamentalmente empresário; era fundamentalmente empresário-jornalista. E foi com a mentalidade empresarial, e com um pragmatismo absoluto que forneceu as bases para o moderno jornalismo de opinião no Brasil.

Critica-se nele o fato de ter cedido ao regime militar nos anos 1960, e também nos anos 1970, quando trocou o diretor de redação Cláudio Abramo pelo jornalista Boris Casoy, depois de uma crônica de Lourenço Diaféria que desagradou os militares. A alternativa teria sido enfrentar os militares e ver seu jornal desaparecer.

Para chegar aonde chegou enfrentou todo tipo de dificuldades, fez vários tipos de acordos, superou um sem-número de crises, da qual a mais grave foi a quebra do Banco Nacional de Investimentos (BNI), do banqueiro Orozimbo Roxo Loureiro, do qual seu Frias tinha 10%.

Essa experiência de vida tornou-o extremamente intransigente nos negócios. A empresa sempre esteve acima de tudo. Mas também desenvolveu um lado generoso, de admiração pelos poderosos caídos, de resistência a qualquer tipo de lisonja.

Sua experiência com a *Folha*, que adquiriu nos anos 1960, é um dos exemplos mais bem-sucedidos de estratégia empresarial continuada. Pouco a pouco foi acertando a condição financeira do jornal, inovando nos maquinários e na distribuição. No plano editorial, Cláudio Abramo daria a marca do jornal para as décadas seguintes, definindo um público leitor de centro-esquerda e um estilo de diagramação muito mais *light*.

Nos anos 1980, com o jornal já saneado, sólido financeiramente, seu Frias finalmente foi a mercado e passou a contratar jornalistas de outros órgãos. No meio desse processo, teve a extraordinária percepção para a nova opinião pública que surgia e o que significava o movimento das "diretas já". Nos anos seguintes, descobriu a reação da opinião pública contra o corporativismo que dominava a infante democracia brasileira, e lançou o slogan "de rabo preso com o leitor", outra sacada de gênio.

Finalmente, constatou a importância decisiva de ressaltar os chamados valores intrínsecos do jornalismo — isenção, pluralismo, independência. Em nenhum momento transigiu com isso. Durante 15 anos a *Folha* foi a maior formadora de opinião do país.

Fez por convicção? Não, por estratégia empresarial. E aí reside sua contribuição ao jornalismo brasileiro. Sabia que um jornal, para ser grande, precisava conquistar o espectro mais amplo possível de leitores, ser plural, evitar ser o condutor dos povos, e ter independência em relação a todos os governos.

Em todo o período em que trabalhei na *Folha*, apenas uma vez seu Frias insinuou, de modo absolutamente suave, sua contrariedade em relação a um tema: uma entrevista com Fernando Collor, anos depois da sua queda.

Disse apenas o seguinte: "Você tem toda a liberdade para publicar a entrevista. Mas se o Collor voltar ao poder, provavelmente eu já terei morrido, mas juro por Deus que volto para puxar sua (minha) perna."

Seu Frias e os políticos.

Seu Frias sempre foi amigo de Paulo Maluf. A *Folha* nunca deixou de bater duro em Maluf. Maluf nunca perdeu o respeito por seu Frias. O mesmo se aplicou a Lula, a Fernando Henrique Cardoso (que rompeu com o jornal após o episódio do Dossiê Cayman, em que foi falsamente acusado de ter contas no exterior). Isso se devia à sua absoluta franqueza e clareza para tratar com amigos e adversários.

Maio de 2007.

O Café Society

No *Globo* da semana passada, na edição de cinqüenta anos atrás, a lista dos livros mais vendidos apresenta, em segundo lugar, *O Café Society*, do mineiro José Mauro Gonçalves.

A sociedade da época foi dividida em seis grupos por um cronista social interessante, que tinha como particularidade detestar a vida mundana e cobrir a crônica com olhos de sociólogo: José Mauro Gonçalves, um mineiro de Barbacena, que trabalhou durante ano e meio como cronista, aposentou-se da função por enfado e por pressão, e lançou um livro na época, *O Café Society*, que chegou a vender cinco mil exemplares.

O primeiro grupo era dos *horse-ligne*, os pequenos círculos dos estabilizados, altas figuras dos meios sociais, políticos e econômicos, que perduram duas ou três gerações.

O segundo era o *café-society*, os colunáveis de hoje, composto de alguns filhos dos *horse-ligne*, ou candidatos a genros e noras, chegados a uma euforia permanente.

O terceiro grupo era dos *salon société*, linha paralela do *café-society*, grupo mais austero, com pretensões artísticas e filosóficas, físicas e metafísicas, com anseios e devaneios, menos ostensivos, descrevia o cronista.

O quarto grupo era dos *big shots*, o pessoal da livre iniciativa e larga visão, aceitos em todos os demais grupos, mais voltados para a ação, para a realização, com pouco tempo para os folguedos.

O quinto grupo era o da intelectualidade, escritores, pintores, escultores, jornalistas, alguns advogados, médicos, profissionais liberais, intimamente desejosos de servirem aos *horge-lignes* e integrarem o *café-society*.

O sexto e perigoso grupo era dos *interlopes*, cabotinos, aventureiros, arrivistas, chantagistas.

Os *horse-ligne* em geral se reuniam em pequenos grupos de 6 até no máximo 16 pessoas, em jantares hieráticos, com lugares marcados, garçons de casaca comandados por um *maître-d'hôtel*. Seguiam a velha etiqueta britânica ou francesa, com grande preocupação sobre quem ficava à esquerda ou à direita de quem. Os jantares sempre eram servidos com bebidas importadas, com preponderância para a champanhe, pelo Cognac, Armagnac, vinhos franceses, caviar e *foie gras*. Os temas das conversas eram as altas finanças, economia, situação internacional. O cronista colocava nesse time E.G. Fontes (banqueiro), Raimundo Castro Maya, João Borges Filho e Eugênio Gudin. Incluía Raul Fernandes, tratado como "famoso internacionalista que se enriqueceu sobretudo com causas nacionais", o embaixador Maurício Nabuco, o empresário têxtil Guilherme da Silveira (que havia sido presidente do Banco do Brasil), os três Guinle — Guilherme, Carlos e Otávio. Entre as mulheres, Celina Guinle de Paula Machado, viúva de Lineu de Paula Machado, que se tornou popular na presidência do Jockey Club.

Mantinham-se no comando do país, independentemente dos ventos políticos. Eram incluídos na lista, mas compondo também as do *big shot*, Jules Verelst, da Belgo Mineira, o jurista San Tiago Dantas, candidato a *horse-ligne*, Gilberto Amado, Assis Chateaubriand e Paulo Bittencourt, do *Correio da Manhã*

Já o *café-society* carioca começou a ser moldado nos tempos do Cassino da Urca. Até sua criação, a sociedade carioca se restringia ao Cassino Copacabana, sem shows, em um ambiente austero. Joaquim Rolla, um mineiro de São Domingos do Prata, construiu o Cassino da Urca, e inaugurou a era dos grande shows. Com suas roletas, bacarás e campistas, fornecia a trilogia imbatível de dinheiro, bebida e mulheres, dizia o cronista. Depois que o jogo foi fechado, essa fauna se mudou para as boates que comandaram o Rio até os anos 1960.

Sem a formalidade dos *horse-lignes*, o *café-society* gostava de coquetéis, de jantares em mesinhas pequenas e separadas, para conversas rápidas e descontínuas. Seguiam todas as modas. Na cozinha, o estrogonofe, trazido pelo histórico Barão Von Stukart. Bebiam bastante, preferindo o uísque à champanhe. A moda da época era a dança e também sessões privadas de cinema.

Os *café-societys* mais proeminentes eram Álvaro Catão, Carlos Eduardo "Didu" de Sousa Campos, Vicente Galliez, Horácio Klabin, Otacílio Gualberto de Oliveira, João Saavedra. Jorge Guinle, Teodoro Eduardo Duvivier e Fernando Delamare. Misturavam-se grandes industriais e incorporadores imobiliários, médicos, fazendeiros, banqueiros.

Havia uma leva enorme de aspirante a *café-society*. Esse grupo festivo, descompromissado, passou a influenciar os hábitos de toda a sociedade. O cronista via na juventude aspirante "a ânsia do gozo ou do brilho publicitário". Já havia o fenômeno de mães de filhas bonitas, caitituando para que virassem capas de revista, ou que fossem apresentadas ao *café-society*.

O *salon société* era formado pelos herdeiros das tradições dos cafés literários da França. Gostavam de se reunir quando a cidade recebia algum intelectual europeu ou americano, ou para comemorar aniversários, lançamentos de livros. As festinhas eram, em geral, um *soupé froid*, um pouco de champanhe, uísque, docinhos da Colombo, salgadinhos de cozinheiras particulares.

A figura maior do grupo era Osvaldo Teixeira, seguido de um tal "Viana dos perus" e "dona Georgina das flores". Cultivavam as esculturas de Rodin, do brasileiro mestre Bernardelli, os poemas franceses de Aluisio de Castro, os discursos acadêmicos de Rodrigo Otávio Filho, e os artigos anônimos de João Neves da Fontoura. Ignoravam solenemente os modernistas.

O auge dos saraus eram os recitativos, cantos, execuções ao piano, muito raramente ao violão. Eram mencionadas a senhorita Rosita Fonseca e senhora Olga Fráguer Coelho como "expoentes canoros", cantando canções folclóricas com entonação operística. Mas ainda brilhavam o diplomata Vasco Mariz, Gabriela Benzanoni Lage, e Maria de Sá Earp. E intelectuais mais conhecidos, como Celso Kelly, Pedro Calmon.

O colunista se permitia citar alguns valores reais nesse grupo, como Jorge Dória, Manuel Ferreira Guimarães, Austregésilo de Athayde, Geraldo Mascarenhas entre outros.

Vinham, depois, os *big shots* ou *tycoons*, conhecidos por seu poder econômico, pela liquidez de suas finanças e, alguns, também pelo charme. Em suas reuniões comparecem representantes de todos os grupos. Suas reuniões eram esplendorosas e o sabor estava na mistura de pessoas de todos os grupos.

Dois dos mais ilustres *big shots* eram o paulista José Carlos de Macedo Soares (que indicou Walther para a Diretoria de Crédito do Banco do Brasil) e Horácio Lafer, que tinha fundas divergências teóricas com Eugênio Gudin. Ainda mencionava o mineiro Tristão da Cunha, monetarista convicto daqueles que "lutam contra a inflação e pelo desaparecimento do dinheiro e almejam o retorno de uma sociedade de escambo". Havia também o banqueiro José Maria Whitaker.

Entre os de prestígio eminentemente político, constavam Apolônio Sales, Israel Pinheiro, Francisco Negrão de Lima, senador Juracy Magalhães, senador Lourival Fontes, Ministro José Maria Alckmin.

Havia *big shots* de outros Estados, como Othon Bezerra de Mello Filho, que, com seus irmãos Artur e Luis, dominava setores como hotelaria, tecidos, usinas de açúcar.

Nos setores de terraplanagem e rodoviarismo, imperavam os Cincinato Braga e Mário Tamborindeguy.

Na época, o empresário com melhores relações com os Estados Unidos era Valentim Bouças, ligado ao grupo Holleryth, que recebia polpudos *royalties* do serviço público. Bouças também tinha ligações com a Panair do Brasil, editoras, empresas de loteamento.

Outro *big shot*, genro de Valentim, era Oiama Pereira Teixeira, de Barbacena, filho do banqueiro José Pereira Teixeira, muito ligado ao grupo da Loteria Federal.

O presidente da Confederação Nacional da Indústria era o baiano Augusto Viana, o de Minas era Lídio Lunardi, do Rio era Zulfo de Freitas Mallmann.

Os Klabin já se destacavam por sua produção de celulose no Paraná, São Paulo, Rio e Minas.

Havia também editores, como Leão Gondin de Oliveira, diretor de *O Cruzeiro*, e os Blochs, Adolfo, Boris, Arnaldo e Oscar, da *Manchete*.

O presidente da Panair era Argemiro Hungria, ligado à Murray e Simonsen, que detinha representações de automóveis, máquinas em geral, papéis suecos e finlandeses.

A.J. Peixoto de Castro era o líder do seu grupo, cuja origem estava na concessão da Loteria Federal. De lá investiram na Refinaria de Manguinhos, conseguiram quase o monopólio do fornecimento para o Distrito Federal. Do grupo faziam parte duas figuras influentes, Pedro Raggio e Batista Pereira.

Havia também Antonio Sánchez de Larragoitti Júnior, da Sul América.

Os Monteiro Aranha — sociedade dos Monteiro de Carvalho e do Olavo Egydio de Souza Aranha — tinham ligação com capitais franceses, investimento em vidro, automóveis (Volkswagen).

Um dos grupos mais poderosos eram os Soares Sampaio, donos da Refinaria Capuava, a maior do país, além de fábricas de cimento, de pneus. O líder era Alberto. Mais os irmãos João, Álvaro e Bento. Ligados aos Soares Sampaio havia Nelson Batista e Aluisio Salles, também com ligações com o grupo Moreira Salles. Os três nomes femininos de maior destaque desse grupo eram Niomar Muniz Sodré, Rosalina Coelho Lisboa de Larragoitti e Adalgisa Néri. Havia representantes de multinacionais, como Sigmund Weiss, da Mannesman. Três outros *big shots* eram Samuel Wainer, Baby Bocaiúva Cunha e João Etcheverry.

O cronista culminava sua relação com o grupo Moreira Salles. Mencionava seu Salles, que fundou o banco. Depois, Walther, que ampliou as atividades para os setores industriais, agrícolas, dono de uma liquidez monetária imensa.

Eram pessoas ligadas ao grupo Eduardo Ramos (casado com uma filha de Antonio Prado Junior), diretor da Vidraria Santa Marina, Pedro de Perna, Aluisio Sales e Nelson Batista, além de San Tiago Dantas e outros *big shots* famosos.

Entravam, finalmente, os *big shots* da hotelaria, entre os quais os Guinle, Joaquim Rolla, do Quitandinha, e Alberto Bianchi, dono de cassinos, inclusive em Poços, que associou-se ao Cassino Atlântico. Rolla era considerado por Assis Chateaubriand um dos dez homens mais importantes do país.

Do grupo dos intelectuais faziam parte Manuel Bandeira, Ciro dos Anjos, Carlos Drummond de Andrade, Rubem Braga, João Guimarães Rosa, João Cabral de Melo Neto, Vinicius de Moraes, Orígenes Lessa, os pintores Portinari, Santa Rosa, Di Cavalcanti, José Pancetti, Oscar Niemeyer, Lúcio Costa. Entravam ainda os caricaturistas e humoristas Millôr, Borjalo, Carlos Estevão.

Os grandes anfitriões da cidade eram o casal Charles Bob Winans e Naná Dinah Winans, e sua casa no Largo do Boticário. Bob era de Boston, *horse-ligne* de lá, filho de diplomata e banqueiro. Capitaneou seu grupo na Bélgica. No Rio, foi o intermediário do empréstimo que permitiu ao prefeito Antonio Prado Junior arrasar com o morro do Castelo.

Sua casa era ponto obrigatório para visitantes estrangeiros. A Grã-Duquesa Maria, da Rússia, Lorde Chancellor, da Inglaterra, o Secretário de Estado norte-americano Dean Acheson.

Hoje em dia, José Mauro vive em um apartamento do Flamengo, tendo por vizinhança vários sobreviventes desses tempos, ectoplasmas esquecidos de um tempo que já morreu.

Eternamente BB

Estava ouvindo um especial sobre a música francesa na rádio Cultura FM. A penúltima música foi com Brigitte Bardot, quando ela tinha 18 anos de idade. Voz afinada, de cantora mesmo, não apenas uma carinha bonita com voz digitalizada. E aí me dei conta que na minha adolescência, nos anos 1960, não houve símbolo sexual que se igualasse a Brigitte, ou BB, como era chamada.

Ela surgiu para o mundo no filme *E Deus criou a mulher*, de Roger Vadin, cineasta francês que se especializaria em descobrir símbolos sexuais em sua vida ativa, e a contar prosa depois que se aposentou.

Os americanos tinham MM, Marilyn Monroe, mas era típico produto de Hollywood, com um lado tão artificial quanto seus cabelos oxigenados. Calhou ter um final trágico, o que ajudou a alimentar a lenda. Mas o que significava ela na época? Admito que estou exagerando um pouco nas críticas, nesse vezo de cronista de valorizar o personagem do dia, desqualificando os concorrentes. Mas que MM nunca chegou a BB, não chegou mesmo.

Havia uma concorrência forte das italianas, mulheres mais sólidas, mais carnais, de uma sensualidade de camponesas fogosas. As primeiras que apreciei foram Sophia Loren e Gina Lollobrigida. Depois, veio uma geração de mulheres lindas, como Cláudia Cardinale, Laura Antoneli, Virna Lisa, que era minha fixação.

Já as francesas primavam por uma sensualidade sofisticada, cosmopolita, bastante reforçada pelo idioma. O sotaque francês era *chic*. Lembro-me particularmente de Milene Demongeot, que me despertou paixões desenfreadas na adolescência, de um jeito muito diferente daquele que, antes dos 12 anos, sentia por Ava Gardner e Kim Novak.

No Brasil, esse padrão francês foi bastante explorado na televisão, no teatro de revista e no cinema. Lembro-me até hoje de um especial da TV Tupi com Norma Bengell cantando em francês, provavelmente imitando BB. Anos mais tardes, Jaqueline Mirna e Anik Malvill deliciaram a minha e outras gerações já saindo da adolescência. Mas o grande modelo, no qual se inspirava a malícia mundial, era mesmo BB. Tudo nela soava natural, dos bicos que fazia às poses em que se deixava fotografar.

Foi o início da erotização da adolescência, da descoberta que os jovens já não eram tão inocentes quanto os das gerações anteriores. Mas as atrizes adolescentes americanas da época eram completamente sem sal, como Sandra Dee, ou com aquele ar de quem está sempre prestes a ser castigada pelos pecados cometidos, como Natalie Wood. Em plena descoberta do público juvenil, os setores mais intelectualizados celebravam Françoise Sagan; os boyzinhos se espelhavam em James Dean, Marlon Brando e Elvis Presley. Mas todos, indistintamente, tinham BB como o símbolo máximo. Ela encantava dos jovens politizados aos donos de borracharia.

Os passos de BB eram acompanhados pelo mundo todo. Foi uma comoção mundial quando ela se casou com Sacha Distel, guitarrista francês boa-pinta. Mas quando ela começou a namorar o brasileiro-marroquino Bob Zagury, a auto-estima nacional atingiu seu ponto máximo. Mais ainda quando Zagury a trouxe para conhecer Búzios, na época uma praia quase selvagem, começando a ser descoberta pelos grã-finos.

Depois de BB, algumas jovens atrizes chegaram perto, mas não se completaram. Como Jane Fonda durante *Barbarella*, esculpida pelo mesmo Roger Vadin que criou BB. Durante um bom período foi um dos símbolos femininos do cinema, como grande atriz, grande personalidade, não mais como símbolo sexual. Após o *Último tango em Paris*, com Marlon Brando, Maria Schneider pintava como legítima sucessora de BB, mas acabou engolida pela vida.

Hoje, quando se vai ao cinema, todos os símbolos femininos são americanos. O cinema americano atingiu tal nível de predomínio que não sei o nome de nenhuma jovem atriz italiana, francesa, sueca. Por isso que fico nessa recordação besta, celebrando as americanas, as italianas e as francesas do meu tempo, naquela que foi o sonho de todos nós, a eternamente BB.

1/5/2005

Músicas e músicos

As músicas juninas

Anos atrás fui assistir às festas juninas de Aracaju. Parecia um mergulho no tempo, lembrando a minha Poços de Caldas de quarenta anos atrás. O sul de Minas ainda era basicamente rural e o morro do São Benedito fervia com as festas. Montava-se a fogueira, os vizinhos todos se reuniam se tratando de "compadres", como se tratavam na vida real. O "compadre" era um tipo constante nas famílias, assim como gestantes que amamentavam uma a filha da outra para selar pactos de amizade eterna.

Agora, lendo o livro *Festas juninas, origem, tradição, história*, de Lúcia Helena Vitalli Rangel, me surpreendo com a universalidade das festas juninas e com as recordações que brotam da leitura. A molecada fantasiada de noivos caipiras, imitando as tradições francesas com aquela verve imbatível que Mazzaropi consagrou. "Caminho da festa", e o povo ia andando. "A ponte quebrou", e o povo voltava; "anarriê" (na verdade, *en arrière*, do francês "para trás") e o povo recuava. "Os cavalheiros cumprimentam as damas", e toca nós a curvar na frente da dama e alisar o chão com chapéu de palha. "Balancê" e "tur", e os casais ficavam marcando o passo sem sair do lugar e dançando juntos.

Depois, em frente à fogueira tinha o "pau-de-sebo", a corrida dos sacos, dos sacis, o ovo na colher. As batatas-doces eram colocadas na parte de baixo da fogueira, para assar com o fogo. A gente comia e soltava pum. Depois, os pinhões, que eu adorava, e as castanhas, que achava muito doce. Além do quentão e do vinhão.

São fascinantes as diversas camadas temporais que compõem o Brasil. As tradições vão desaparecendo nas regiões mais urbanizadas, preservadas pelas escolas, é verdade, e se mantendo em outras. Outro dia a minha prima Terezinha, que tem uma escola experimental fantástica em Poços, trocou as aulas de educação física por aulas de congada, depois que descobriu que o professor era filho de congo.

Uma viagem pelo Brasil permite diversos mergulhos no tempo. Mas nenhum aspecto me fascinava mais nas festas juninas do que as músicas que elas inspiraram. Minha amiga Roberta Cunha Valente, belíssima pandeirista, levantou com o Roberto Lapiccirella um farto material de músicas juninas para um show, a maioria das quais eu jamais tinha ouvido falar.

Entre os clássicos da minha infância, uma campeã era "Pedro, Antonio e João", de Benedito Lacerda e Oswaldo Santiago ("com a filha de João / Antonio ia se casar / mas Pedro fugiu com a noiva / na hora de ir pro altar"), que se popularizou em um filme da Atlântida. "Capelinha de melão", de João de Barro e Alberto Ribeiro ("Capelinha de melão/ é de São João / é de cravo é de rosa / é de manjericão"), era o preferido da molecada. Alberto Ribeiro compôs outro clássico, o "Sonho de papel" ("O balão vem subindo / vai caindo a garoa / o céu é tão lindo / e a noite é tão boa").

Luiz Gonzaga já era um campeão com a ainda hoje imbatível "Olha pro céu meu amor", em parceria com José Fernandes ("Olha pro céu meu amor / Olha como ele está lindo"), que o Dominguinhos canta que é uma lindeza. Assis Valentes foi outro destaque, com "Cai cai balão", gravado por Francisco Alves e Aurora Miranda em 1933, e "Acorda São João", de 1934.

Mas tenho cá para mim que o compositor máximo das músicas juninas foi Lamartine Babo, grande em vários aspectos, nas marchinhas de carnaval, nas valsas, nos hinos aos clubes de futebol. Mas sua faceta junina é de arrepiar. Especialmente quando interpretado por Carmen Miranda, a primeira grande divulgadora das músicas juninas.

Em 1956, aliás, ele lançou um LP com suas músicas juninas, que ajudaram a aquecer os corações mais do que as fogueiras de São João. A música preferida de minha mãe era "Isto é lá com Santo Antonio" ("Fui pedir numa oração / ao querido São João / que me desse o matrimônio"), de 1934.

Outro clássico de Lamartine foi "Chegou a hora da fogueira", de 1933 ("Chegou a hora da fogueira / é noite de São João / O céu fica todo iluminado / fica o céu todo estrelado / pintadinho de balão"), que ele mesmo gravou com Carmen Miranda.

Mas o Brasil é uma confusão, na hora de se escolher o melhor. Minha preferida, uma das músicas fundamentais da minha vida e das minhas recordações, é "Noites de junho", de Braguinha e Alberto Ribeiro. Para mim, tem a mesma nostalgia leve das melhores marchas rancho, uma melodia daquelas que atravessa os ossos e se entranha na alma, e a letra que todo poeta gostaria de ter composto:

"Noite fria, tão fria de junho
Os balões para o céu vão subindo
Entre as nuvens aos poucos sumindo

Envoltos num tênue véu
Os balões devem ser com certeza
As estrelas daqui desse mundo
E as estrelas do espaço profundo
São os balões lá do céu".

15/6/2002

O nosso Jimi Hendrix

Confesso que ao ouvir a lenda, acabei me decepcionando. No final dos anos 1960 a Rhodia contratou o publicitário Livio Rangan, que invadiu a fantasia dos brasileiros com festivais de moda, desfiles e tudo o mais. Para acompanhar os desfiles, Livio criou o Conjunto da Rhodia, integrado por alguns dos melhores músicos instrumentais do país. Desse conjunto se originou o Brazilian Octopus, integrado por dois gênios — o multinstrumentista Hermeto Paschoal e o guitarrista Lanny Gordin — e por mais seis músicos excepcionais, dentre os quais o guitarrista Olmir Stocker, mais o pianista Aparecido Bianchi, o flautista e saxofonista Carlos Alberto de Alcântara Pereira, o baterista Douglas de Oliveira e o baixista Nilson Carlos Ruiz da Matta.

Essa gravação virou peça de colecionador e quem me a forneceu foi o Fernando Rosa, do *www.senhorf.com.br*, site que tem tudo sobre a história do rock brasileiro. Mas o disco não está à altura do grupo.

Conheci o Octopus em sua formação de quarteto, no primeiro festival de Poços de Caldas, em 1969. Na época, já tinha participado de alguns festivais universitários da TV Tupi, embora ainda estivesse no secundário. Aproveitei os conhecimentos para convidar um grande número de artistas. Poços recebeu inscrições de Jorge Ben, Renato Teixeira, Eduardo Gudin, Adilson Godoy, entre outros. E uma composição do Olmir, de apelido Alemão, e do Vitor Martins que, anos depois, se consagraria como o grande letrista do Ivan Lins.

A música foi defendida pela Maricene Costa, que fazia sucesso na noite paulistana. Para acompanhá-la, veio metade do conjunto, o Alemão, Hermeto, o Lanny e provavelmente o baterista Douglas. Nem vou contar o que os jurados de Poços fizeram para não me irritar de novo. Mas, pelo menos antes do resultado das eliminatórias, aquela noite foi inesquecível.

Minha música com melhores condições era o "Congresso Internacional do Medo", em parceria com meu amigo e colega João Cleber Juriti. A música terminava com um *dixieland* animadíssimo.

Doze músicas se apresentaram e ficamos aguardando o resultado nos camarins do Teatro da Urca. Eu e o João quase tivermos um orgasmo quando o Alemão veio elogiar a música e sugerir uns condimentos a mais na parte final.

Enquanto os jurados discutiam entre si, tivemos nosso momento inesquecível, ouvindo o Lanny e o Hermeto tocando chorinho. De Hermeto se poderia esperar essa flexibilidade. Mas Lanny era um guitarrista típico, o maior do seu tempo, o maior guitarrista brasileiro da história, segundo os estudiosos da matéria, o homem que ensinou os Mutantes, mas não um homem de choro. O João olhou para mim, eu para o João, e nem precisava de palavras para saber o que o outro estava pensando: estamos testemunhando um momento histórico.

A música do conjunto foi desclassificada, a nossa passou raspando para a final. Aí veio um júri de primeira, com o Júlio Medaglia, o Fernando Faro, o Damiano Cozzella, e deu o primeiro lugar ao "Congresso". Mas ficou a decepção no grupo. Nós queríamos ganhar ou perder do povo da Rhodia.

No ano seguinte me mudei para São Paulo e iniciei carreira de jornalista. A estrela de Lanny subia cada vez mais. Cheguei a vê-los — ele e Hermeto — tocar na boate do seu pai, Stardust, famosa na época.

Depois, o guitarrista desapareceu nas brumas de seus demônios interiores. Abusou, foi internado, saiu anos e anos depois, como um personagem que, congelado no tempo, reaparecesse em outro tempo, que não o seu. Fez parte da geração de Jimi Hendrix e outros que se destruíram, como que consumidos pela voracidade do som que produziam.

Quando consegue, ainda faz cintilar a luz do gênio. Mas é muito difícil. O Fernando me contou que, dia desses, um fã contratou-o para dar aulas de guitarra e gravou seus estudos e improvisos. Provavelmente serão esses cacos de inspiração que, colhidos aqui e ali, permitirão registrar no futuro, os últimos sons do gênio.

12/7/2003

Leonora Amar, atriz e primeira-dama

Com a internet, a pesquisa de música virou um emaranhado de fios. Puxa-se um, vai se desenrolando, chega-se em outro.

O meu novelo de um sábado começou em Silvinha Mello, cantora dos anos 1930 e 1940. Há algum tempo encontrei Ricardo Cravo Albin, em um evento no Museu de Arte Moderna (MAM) do Rio de Janeiro. Mencionei Silvinha Mello. Disse-lhe que não encontrara nem em seu dicionário, nem na internet. Um dos maiores especialistas da música brasileira, Ricardo admitiu que a falha era grave e ficou de incluí-la em breve em seu dicionário.

Eu tinha sabido dela alguns meses antes, em meus passeios pela praça Buenos Aires, quando o trabalho me libera algumas manhãs para andar, ouvir música e terminar com um cafezinho, um suco de uva e os velhos fregueses do Café Colón. Lá, o meu amigo médico, 82 anos de plena lucidez, me recorda das musas de seu tempo. Falou-me de seu sucesso no exterior. Nem sabia se estava viva ou não, mas se recordava que ela tinha se mudado para a França.

Em uma das edições do jornal da *Collectors*, fico sabendo que foi das primeiras cantoras a fazer sucesso nos Estados Unidos, em temporadas no Blue Angel, de Nova York, cantando sucessos de Ari Barroso.

Silvinha pegou rabeira em Carmen Miranda. Filha de pernambucanos, nasceu em Vitória (ES) em 1914. Mudou-se para o Rio com 9 anos. Aos 18 anos começou a cantar nos programas de César Ladeira na rádio Mayrink Veiga, junto com Francisco Alves, Carmen Miranda e Silvio Caldas.

Gravou seu primeiro disco em 1931, interpretando duas músicas de Heckel Tavares, "Chove chuva" e "O pequeno vendedor de amendoim". No seu repertório havia basicamente José Maria de Abreu, Sivan Castelo Branco, mas fundamentalmente Joubert de Carvalho — de quem gravou, entre outras, "A carícia de tuas mãos", "Teu retrato".

O jornal confirma a informação de meu amigo, de que Silvinha casou com um diplomata francês e se mudou para Paris, onde teria falecido em 1978 — informação não confirmada.

Aliás, como a pesquisa musical brasileira, hoje em dia, se resume a esse besteirol da "entoação", muito tema fica solto no ar, à espera de um historiador. Um dos temas poderia ser das cantoras brasileiras de segunda linha, que seguiram para os EUA no rastro do sucesso de Carmen Miranda.

No ano passado publiquei uma crônica sobre Leonora Amar, que fez temporada nos cassinos de Poços no início dos anos 1940, depois se mudou para os Estados Unidos, tornou-se cantora da rádio CBS, fez shows em Nova York e estrelou um filme com Errol Flyn, *O Capitão Escarlate*. Chegou a ser apontada por algum crítico como das mais belas atrizes daqueles anos. Depois, sumiu na poeira da história.

E aí, encontro outro fio do novelo. Fui informado de sua existência pelo Hugo Pontes, historiador de Poços, que vive descobrindo nos jornais locais jóias sobre a época dos cassinos. Na época em que escrevi a coluna, consegui notícias de Leonora Amar apenas em sites de cinema dos EUA.

Na segunda rodada de pesquisas, aparecem mais informações, embora um tanto desencontradas. Nascida em 1926, começou carreira nas rádios Mayrink Veiga, Tupi e Nacional, do Rio. Em 1943, com apenas 17 anos, foi para os Estados Unidos. Morou em Los Angeles, dividindo apartamento com Linda Darnell. Em seguida, mudou-se para o México. Descoberta pelo produtor Raul de Anda, estrelou o filme *Desquite* e, em seguida, *Cuide de seu marido*. Tornou-se celebridade no México, conheceu o futuro presidente da República Miguel Aleman, com quem se casou e teve dois filhos.

Já era das mulheres mais ricas do México quando decidiu voltar a Los Angeles, produzindo e atuando em três filmes, através de sua própria companhia, a Produções Sol. No Brasil, estrelou um único filme, *Veneno*, ao lado de Anselmo Duarte.

Depois, radicou-se definitivamente no Rio de Janeiro, onde se tornou incorporadora imobiliária. Morava em Copacabana. Neste início de noite de sábado consegui seu telefone. Atende uma senhora, que se apresenta como Leonora. Digo-lhe que sou jornalista. E ela diz que a Leonora atriz é sua prima, que está viajando.

Insisto: estou escrevendo a biografia de Walther Moreira Salles... E ela, rápida: "A Leonora nunca namorou o Walther." Eu não tinha dito nada.

Durante a semana, insisti, insisti, através da minha secretária. E nada. Aí peguei o telefone e perguntei porque ela não queria conversar, contar sua história. Do outro lado, a voz cansada:

— Depois de certa idade, não há mais espaço para vaidades.

9/7/2005

Libertad Lamarque em Poços

Segundo os cronistas da época, quando meus pais se casaram, em 1949, houve problemas variados com donzelas locais, inconformadas com o fim de carreira do solteiro mais cobiçado de Poços de Caldas.

Seu Oscar tinha 33 anos, era galante, trabalhador, bom dançarino nas boates locais e já tinha uma farmácia em um ponto comercial central com duas portas de correr (medida de prestígio para os comerciantes da época) e um histórico de conquistas que corria toda a região.

Mas o foco central de ciúmes de dona Terezinha, minha mãe, mulher belíssima, mas de gênio forte, não era uma das donzelas locais, mas nada menos do que Libertad Lamarque, a cantora argentina de fama internacional.

Se você não sabe quem foi, pergunte ao seu pai ou avô, pois ele saberá. Era belíssima, a maior cantora de tango da história, tratada como "a noiva da América", principal competidora da beleza e alvo dos ciúmes declarados de Evita Perón.

Pouco antes, em 1944, ela havia protagonizado incidente célebre com Evita durante a filmagem de *La Cabalgata Del Circo*, dirigido por Mario Soficci. No filme, Evita era coadjuvante. Na vida real, tornou-se primeira dama da Argentina, conquistando o coronel Juan

Domingos Perón, futuro ditador do país, em disputa renhida com a própria Libertad.

Em janeiro de 1945, pouco antes do fechamento dos cassinos, Libertad esteve em Poços de Caldas. O historiador da cidade, Hugo Pontes, me mandou um xerox da edição do *Diário de Poços* da época. E aí entendi as razões dos ciúmes da dona Terezinha. No *Diário* havia uma entrevista do meu pai com a cantora.

Na época, o *Diário* era de propriedade de Júlio Dinucci e dirigido pelo dr. Leibintz T. Hovelacque, dono da Vida Social, melhor livraria que o interior brasileiro teve no período.

A edição enviada é significativa como exemplo do prestígio dos cassinos de Poços no ambiente musical brasileiro da época. O jornal traz publicidade da Urca (construída por Walther Moreira Salles), do Pálace Cassino, do cassino Líder, do Imperial Azul e do Cassino Imperial, entre outros.

A Urca apresentou o *Carnaval Baiano*. Seu grande nome naquela temporada foi o mexicano Pedro Vargas. Havia ainda as orquestras de Vicente Paiva e de George Brass, "o mago do acordeão", a belíssima Rosina Pagã (uma das irmãs Pagã), Lourdinha Bittencourt, Stela Gil, Henry Salvador e a dupla Alvarenga e Ranchinho. No Pálace Cassino, a atração era a Orquestra de Fon Fon, o imortal autor de *Murmurando*, Dircinha Baptista e os Namorados da Lua. O Cassino Líder apresentou o "El Rimo Negro", com um certo Richiardi Jr. e "suas *girls*". E, obviamente, a estrela maior, Libertad Lamarque.

Como explica Hugo Pontes, a entrevista com Libertad Lamarque foi um dos maiores feitos do jornalismo local. Se o jovem repórter amador e a cantora tiveram um caso, não saberia dizer. As lendas diziam que sim, mas pode ter sido apenas a imaginação popular ampliando o feito do repórter.

Certamente duas circunstâncias fizeram o *Diário de Poços* improvisar o farmacêutico como repórter. A primeira, a boa aparência do jovem Oscar. A segunda o fato de ambos serem de Rosário, Argentina, Libertad Lamarque nascida em algum dia entre 1906 e 1912, seu Oscar em 1916. Cidade pequena, ambos de classe média, certamente as famílias foram conhecidas. Meu avô era vizinho e amigo do dr. Guevara, arquiteto renomado e pai do futuro Che Guevara.

A reportagem era simpática. Meu pai começava contando a emoção de ser recebido pela diva. "Na hora tive a impressão de ser como aquele personagem de Eça de Queiroz, que quis conhecer uma pessoa de certa influência e, na hora da apresentação, saiu com aquela célebre frase: Mas que calor, hein?"

A entrevista foi acertada pelo telefone com o maestro e compositor Alfredo Malerba, para as 23 horas de segunda-feira no camarim da cantora. Oscar acompanhava o frenesi de bastidores, com a movimentação das artistas, as primeiras apresentações, quando chegou Libertad Lamarque.

Como ele próprio admitiu na reportagem, a presença da deusa deixou o repórter um tanto intimidado. Perguntou se Libertad estava gostando de Poços. Ela disse obviamente que sim e, especialmente, das charretes que conduziam turistas por passeios. O jovem repórter ficou se remoendo por dentro com a obviedade da pergunta.

Depois relaxou e o papo rolou mais solto. Indagada se o povo de Poços poderia assisti-la, já que o Cassino era restrito aos mais abonados, Libertad disse que talvez em uma outra oportunidade, pois ainda teria que se apresentar em Guarujá.

O povo ficou esperando até 2000 o cumprimento da promessa. Mas dona Libertad morreu sem cumpri-la.

23/2/2002

O incrível índio tabajara
(Depoimento de Natalício Moreira Lima)

Natalício Moreira Lima, o solista do duo Índios Tabajaras, mora em Nova York, perto do Central Park. Com seu irmão Antenor foi sucesso internacional nos anos 1960 e 1970. Em 1963, sua gravação da "Maria Elena" superou 1,5 milhão de discos vendidos, desbancando os Beatles na lista dos mais vendidos.

O depoimento a seguir foi concedido por telefone no dia 29 de janeiro, por telefone.

"Nasci na serra do Ibiapaba, entre Piauí e Ceará. Nesta serra, em 1929, existia Ubajara, cidade pequena, lugar famoso hoje. Naquela época não era. Um dia apareceu por lá uma tropa de militares, chefiada pelo tenente Hildebrando Moreira Lima.

"Era muita gente e mudou nossa história. Não tínhamos cidade, éramos uma tribo mesmo, fomos criados na tribo Tabajara, morando em um terreno que não era nem Ceará nem Piauí, era uma área de litígio.

"A tropa de militares foi para lá para aparar uma tropa que vinha do Piauí, de um lugar chamado Tucurutiba. Passaram por lá vinte dias. Fizemos amizade. Não éramos aqueles selvagens que todo mundo dizia que os índios eram. Nós estávamos a um quilômetro da beirada da serra.

"Um dia meu pai saiu da aldeia e disse que viu um buraco enorme nos pé da serra. Nós estávamos na chapada e meu pai havia visto serra abaixo. Aí começou uma ventania, uma chuva e ele passou três dias ali. Quando voltou à tribo nossa, antiga, disse que nunca havia visto buraco tão grande. Viu lua sair do chão. Nós ficamos curiosos porque nunca vimos lua sair de lugar nenhum, apenas de trás das árvores.

"Nós fomos em três irmãos até lá, chegamos lá e começamos a comer fruta enorme, besta, que não vale nada, chamada ingá, maior que feijão e contém espécie de algodão em volta, muito doce, muito bom. Quando olhamos, vimos um violão, metemos a mão, fez aquele som, levamos um susto.

"Levamos para tribo. Naquela época, os índios não deixavam ninguém chegar a menos de 600 metros dali. Vivíamos isolados. O violão causou transtorno na tribo. Havia outro som que escutávamos às seis da tarde, e não sabíamos o que era. Nós, pequenos, pensávamos que era violão. Era sino de cidade a uns 60 quilômetros dali, o sino de Ibiapina, assim chamada porque lá era terra completamente pelada.

"Um dia um soldado levou flechada, era um soldado baiano, um mulatinho bonito. Os curadores da tribo curaram com infusões em menos de cinco minutos, uma espécie de leite que se faz da folha de uma árvore. Dois ou três pingos igual que leite. Depois de cinco minutos fica uma cola horrível. Nossos curadores curaram aquele soldado que caminhou na mesma hora. Os soldados ficaram muito admirados. Eles já tinham trazido caixão branco com cruz. Começou ali amizade entre ele e uma das meninas da tribo.

"Quando soldados se foram começamos a sentir saudades do café, bolacha redonda de meio palmo e carne-seca. Nós não conhecíamos, e também gostávamos da corneta dos corneteiros. Só tocava quando ordenado mas algumas vezes tocava algumas coisas.

"Eu tinha 8 ou 10 anos. Tribo tinha menos índios que soldados, que eram mais de mil. Nós éramos uns setecentos.

"Diziam que meu pai era guerreiro ou chefe. Não era. Ele perdeu o colar de guerreiro, porque na tribo o guerreiro ganha aquele colar de dente de onça. E o pai perdeu por coisa incorreta que fez. Não permitiam nem que ele caçasse. Para casar necessita ser guerreiro. Como tinha casado antes de perder o colar, tinha 13 filhos.

"A mãe estava grávida do 14º, todos homens, cada um com seu número no nome. Mas a gente dava número e não conseguia contar mais que cinco. Toda noite contava as estrelas e não passava de cinco.

"Usavam muito medicina de mato. Eu gostava de comer barro e passava mal. Tinha vício daquilo e quase morri. Os curadores diziam que eu iria morrer daquilo, porque criava bicho na barriga.

"Os militares foram embora mas nos deixaram batizados. Padre que se chamava Magalhães, andava sempre de preto e se ajoelhava, a gente ficava admirado. Na cidade tinha gente de todas as cores, preto, branco, loiro, alguns com barba no rosto.

"Quando se foram, meu pai disse: nós vamos procurar nossos amigos. Era difícil porque eles tinham carro, canhão com roda, e depois da chuva grande, com a terra ainda molhada, deixaram sulco e nós seguimos. Não tínhamos roupa. Passamos aventura desagradável. Vestíamos penas.

"Ibiapina tinha apenas quatro ou cinco casas na ladeira. Mas lá embaixo tinha vila de cinqüenta pessoas. Seguimos na serra, passamos toda Ibiapina, e chegamos a um lugar, uma lagoa em cima, não tinha ninguém lá. O engraçado em Ibiapina é que tinha árvore muito grande. Em volta dela tinha outras árvores pequenas poeirentas e muita bosta de cabra.

"Começamos a olhar as bostas, redondinhas e as frutinhas redondinhas que nunca tínhamos visto. Minha mãe ficou varrendo ali e fui dar umas voltas, 30 ou 40 metros dali. Aí encontrei um menino que se assustou, eu me assustei muito mais. Quando o menino gritou e saiu correndo, um cachorro me mordeu. Sinto até hoje a mordida. Daqui a pouco chegou uma porção de gente com rifle e com chapéu de couro e de palha. Iam matar aquele cachorro, mas meu pai não deixou.

"O povo trouxe roupa, calças, vestidos para minha tia e minha mãe. E começamos a usar roupas. Quando fomos embora, roupa não era muito confortável. A do meu pai era muito grande.

"No próximo lugar, Ubajara, na parte baixa não tinha mais que dez casas. Nós estávamos todos vestidos, mas nossa cara assustava. Fomos acompanhando o sol e chegamos em uma fazenda e trabalhamos três dias em uma casa de farinha. Pela primeira vez ganhamos dinheiro, que nunca tínhamos visto antes. Ensinaram que tinha que guardar no bolso. Até hoje tenho ele. Era do tempo dos mil réis, do vintém.

"Recebemos dinheiro e continuamos caminhando três dias e chegamos a um lugar às quatro da manhã. Durante dia terras muito quentes, areia que ninguém agüenta.

"Chegamos às quatro da manhã, com o dia quase querendo nascer. Chegamos em um lugar onde havia som fantástico, de harmônica. Tinha um sujeito que levou uma cacetada e foi amarrado perto de onde a gente estava. Havia uma luz muito forte, de carbureto. No Rio ninguém conhecia carbureto, mas ele dá luz muito forte.

"O camarada estava pendurado pelos pés e então eu falei uma palavra que ninguém sabia falar na tribo, mas eu conhecia. Apareceu por lá um soldado para casar com uma menina da tribo, pediu demissão do Exército, a irmã do camarada que recebeu a flechada se chamava Loreda, era uma pretinha muito bonita para nós. Gostava de ver, porque era bonita, tinha um corpão. Era professora. Ela falava português, e apenas eu que era mais curioso aprendi algumas palavras.

"O camarada que amarrou o outro ia dar uma punhalada de meio metro. Quando puxou a faca, eu disse: vai matar. E meu pai deu um flechaço naquele camarada. A flecha agarrou de uma maneira que quase saiu do outro lado.

"Ele se ajoelhou, porque a dor era danada. O sujeito amarrado na corda, o camarada caiu com a cabeça no chão quando o outro largou. O camarada que ia morrer agarrou o punhal e executou o outro na frente de nós. Ele entendeu que nós devíamos fugir dali e corremos com ele.

"Na nossa tribo ninguém mata não. Nós éramos muita gente demais, e não matamos ninguém. Somos tudo de uma família com a mesma cara, da mesma cor, ninguém tem nada para roubar. E começamos a correr levando tiro nas costas. Corremos um quilômetro, era muita corrida, nós tínhamos irmão pequenininho.

"Chegamos a um lugar que tinha cheiro muito ruim, era caminhão que nunca tínhamos visto. Devia ser cheiro de gasolina ou óleo. Camarada: sobe aí, disse o motorista. Subimos, ele começou a correr. Tinha couros de animais lá dentro. Mas o cheiro da gasolina era pior. Ele correu seis ou oito horas pelas estradas, cheias de ondas, terreno ondulado e nós sentados em cima daqueles couros, dançava, chacoalhava, era coisa horrível.

"Chegamos em Fortaleza, em uma casa com cheiro horrível. Era o mercado.

"Botamos nossas coisas do lado de fora, saímos do caminhão e entramos para ver. As coisas da cidade têm um cheiro que apenas o povo da cidade agüenta. Descobri depois que se chamava Mercado Modelo. Fui outro dia mostrar para minha quarta esposa.

"Ficamos oito, nove dias em Fortaleza. E o camarada que nos trouxe de Sobral hospedou na casa dele. O pai ajudou a cavar um poço que chegou a dar água na casa dele.

"O camarada nos levou no caminhão até lugar no centro de Ceará que se chama Senador Pompeu, lugarzinho pequeno. Parou perto de um edifício com janela redonda que tinha uns vidros verdes, amarelos e uma cor muito bonita. Tinha luz lá de dentro mas não chegamos a entrar.

"Ele queria comprar fazenda e nos levou para lá. Disse que se a gente ficasse dez ou quinze dias caminhando, chegaríamos na serra do Araripe. Ele tinha um amigo lá, o Moisés. Chegamos antes disso. Disse que tinha árvore muito grande, a maior da região, e se a gente mirasse a árvore, não nos perderíamos.

"Chegamos debaixo da árvore, na casa do Moisés, que era mais alto do que nós, mas não era forte. Mas tinha armas e a esposa dela era branquinha e fumava cachimbo horrível. Nós nem conhecíamos mandioca. É coisa de índio, mas na nossa região não tinha nem mandioca, nem manga, nem coisa nenhuma. Tínhamos piqüi, graviola, murici, maracujá, croatá.

"Foi quando meu pai teve um acidente com sujeito que era cangaceiro, morava em uma casinha, não era muito longe, mas para mim, naquela época, qualquer distância era longe. Tinha sujeito tocando harmônica. Minha tia tinha 14, 18 anos, era muito bonita, bem feita, bonitinha. O camarada tocava e todo mundo dançava.

Quando sujeito puxou a minha tia para dançar, ela não sabia. O sujeito tinha punhal grande que molestava ela e, ademais, ela não ia no passo porque não sabia. Sujeito fez ela chorar.

"Meu pai puxou ela do braço dele e ele ficou danado, e puxou punhal que não tinha mais tamanho. Tinha um sujeito com muleta ali, meu pai pegou a muleta e deu uma muletada no cangaceiro. Sangue saía que parecia mel. O povo apartou e nos disseram, corre porque são cangaceiros. Corremos para casa, a porta era mais ou menos de uma madeira com abertos entre uma tábua e outra e podia ver do lado de fora. Ficamos assustados, meu pai agarrou rifle que Moisés deu, porque todo mundo nos sertão tinha rifle.

"Mais ou menos quatro da manhã chegou sujeito a cavalo e na porta gritaram: abra aí porque senão vamos mandar bala para dentro. Meu pai ficou assustadíssimo e eu por ali olhando, muito curioso, para mim não tinha medo, mas meu pai estava completamente assustado. Os camaradas de fora começaram a atirar e balas que passavam pelos buracos e pelas tábuas.

"A tia disse que corpo estava com formigueiro, ia desmaiar. Meu pai entendeu que ela ficou ferida, se desesperou, abriu a porta e começou a atirar, e atirou tanto que camaradas morreram, porque cavalos começaram a pular e desequilibram todos. Minha tia também morreu, com um vestido que camarada que trouxe de Fortaleza deu para ela. Antes de morrer pediu para colocar vestido e sapato, que nunca tinha usado.

"Meu pai foi então para casa de um sujeito branco, muito rico, muito famoso nos sertão daquela época. Disseram para ir porque era sujeito muito bom e ia proteger e a polícia vinha ali. Quando polícia chegou na casa do sujeito, o camarada não deixou, armou um tiroteio. Ele era chamado de coronel, mas não era da polícia. Deu um tiro no sargento, e acabaram matando os soldados.

"Meu pai acabou preso um ano e seis meses. Mas prisão era do lado de fora, uma árvore grande cortada em diversos pedaços e pessoal ficava sentado em volta. Meu pai não entendia o que o povo falava em volta dele, ninguém sabia qual era o crime, porque tinha sido em outro lugar.

"Em casa, não havia nada que comer e nós começamos a querer plantar alguma coisa, igual o povo do sertão faz: limpa terra, bota fogo e começa a plantar feijão e milho. O foguinho apagou fácil. Fomos para casa descansar um pouco, foguinho começou a pegar fogo, pegou em toda a serra do Araripe. Às oito da noite muita gente veio ajudar para apagar o fogo. Uma meia-noite ainda era claro como o dia. Foi o fogo maior do sertão. Mais de quarenta dias, toda serra de um lado a outro.

"Meu pai conseguiu escapar de lá e foi até onde nós estávamos. O coronel descobriu que fomos nós, levamos surra horrível.

"Não havia mais nada que comer naquele lugar e saímos.

"Aí começamos a escutar história de romeiros, que lá em Natal havia navios e que eles davam passagem para povo ir para Rio de Janeiro. Acompanhamos os romeiros, passamos mal de fome, passávamos pelas feiras e comíamos casca de melancia, caroço de jaca. Quando chegamos em Natal, era longe para burro, dez ou quinze dias depois. Meu pai ia para cais do porto, mas não sabíamos a quem pedir passagem. E tinha muita fila e muita gente querendo ir para Rio de Janeiro. Papai não falava nenhuma palavra do idioma português.

"Resolvemos sair por nossa conta. Minha mãe, antes de morrer, tinha o filho número 15, e tivemos que deixar com gente do sertão, gente boa que nos dava comida.

"Algumas vezes cantávamos com aquele violão que havíamos encontrado, mas não era tocando, era batendo, fazendo ritmo indígena. Vimos violonista tocar e passávamos o dia inteiro escutando. Chegava a hora de urinar, não sabíamos aonde mas agüentávamos escutando aqueles violonistas, que era uma coisa muito bonita.

"Depois fomos caminhando pelo sertão e trocamos violão por quatro quilos de feijão. Fomos andando, passando Bahia e outras localidades até chegar ao Rio de Janeiro.

"Um dia vimos os soldados esfarrapados que vinham seguindo Lampião. Fomos a uma festa em uma cidade. No outro dia, bem cedo, Lampião esteve lá naquela casa. Vimos Lampião. Não era aquela coisa de sujeito de dois metros de altura. Era um sujeito comum, era pretinho, cabelo um pouco ruim, era cor de cobre. Conversei com ele. E eu dizia a ele: o senhor mata muita gente? E ele: eu? Minha nossa senhora....... Eu não mato ninguém. Você escuta muita história aí.

"Mas ele matava. Quando ficava com raiva matava com aquele punhal que não tinha mais tamanho, e não tinha pena nenhuma.

"Quando chegamos ao Rio, no centro da cidade tinha lugar que se chamava Praça da Harmonia. Tinha lugar que se chamava Albergue da Boa Vontade. Lugar onde nós tumava banho, depois nos vestiam com saia branca e nos davam cama. Nós nunca havíamos dormido em cama, e tinha café de manhã, e mate. Passamos uns 15 dias lá.

"Ali conhecemos, do lado de fora, sujeito que trabalhava com bandeirola do trenzinho. E ele nos disse assim: porque não vão morar em Realengo, lugar muito bonito, tem casas boas, sou futebolista. Era Alfredo Pé-de-Anjo, jogava em um pequeno clube.

"A casa custava dois mil réis. Mas não era nada naquele tempo. A casa não tinha telha, mas era uma casa. Ainda hoje nos pertence. Meu irmão mais velho é quem toma conta, fica na rua Tecoté 69. Moramos dois ou três anos. Dali fomos à Ilha do Governador, meu pai comprou uma terra.

"Não aprendi a ler, mas aprendi a tocar melhor violão quando fizemos uns serviços no Ceará. A música nos entrou muito forte. A música popular naquela época era muito boa, (cantarola) 'porque bebes tanto assim, rapaz? ...'.

"Quando chegamos no Rio, tocava muito pouquinho. Depois fiz Serviço Militar, passei três anos e aprendi a tocar melhor. E consegui violão de quatro cordas Del Vecchio, violão tenor, sim.

"Aprendi a tocar bastante bem. E saí do Exército porque um sargento começou a implicar comigo, porque eu tocava nos aposentos que pertencem a cabos e sargentos. Eu era cozinheiro, porque eu gostava de comer e de café. O sargento começou a pedir alguma música que eu não entendia. 'Se você não toca, pára com essa charanga', disse e veio para mim como se fosse bater. 'Eu vou lhe enfiar a mão'. Eu disse: se enfiar a mão na minha cara, eu vou enfiar também. Apartaram e fui preso por sete dias.

"O comandante era muito brabo, mas era bom. Me liberou antes de sete dias, mas o sargento ficou lá. Depois que saí do Exército, não pude seguir. Tinha guerra contra alemães, eu queria ir de voluntário, mas não pudemos ir.

"Então comecei a tocar um pouco pelas ruas. Tinha 16 anos, mas não tinha tamanho. Não tenho mais que 1,70. Era o mais alto da tribo. Aliás, o mais alto tinha dois metros, era o tio Ta. O nome era Ipeutá. Mas o resto era tudo baixinho.

"No Rio, começamos a tocar na rua. E nos jogavam algum dinheiro e a gente ia vivendo bem, mas dava muito vergonha porque éramos grandes, já.

"Então fomos dar uma prova numa estação de rádio. Fomos falar com diretor da Cruzeiro do Sul, o Paulo Roberto. Perguntou: vocês são de que tribo? Cantávamos de uma maneira estranha.

"A gente não dizia que era índio, porque as pessoas tinham medo. Ele insistia: mas vocês têm cara de índio, a linguagem de vocês é muito estranha.

"Resolveu dar um contrato por uma semana e um conto de réis, que era muito dinheiro para nós. Na rua, ganhávamos dois mil réis no máximo. Aí contamos que nós éramos Tabajara. Aí disse que ia anunciar a gente como Índios Tabajaras. E o povo gostou.

"Ficamos outra semana. Dali fomos trabalhar na Casa do Caboclo, que tinha shows, tinha o Apolo Correia, ator. Nosso trabalho era entrar na cena com violão, cantar coisa indígena, a gente saía e entrava de novo, o povo ria muito.

"Dali saímos a viajar no Circo, fomos a Belo Horizonte. Durante o dia fomos a um cassino e conhecemos artistas, o Alvarenga e Ranchinho. Até falei para a minha esposa que quer ir lá, porque tinha águas quentes... E fui também para Ouro Preto e Alto do Rio Doce. Chegamos a ir até a rádio Nacional, depois de voltar do Cassino da Pampulha.

"Eu disse ao Alvarenga: agora nós temos um som de qualidade. Mas temos problema, porque o cassino em que vocês trabalham quer nos contratar, mas nós temos contrato com o circo, que não paga coisa nenhuma. Ele disse: 'vocês vão me levar ao circo que falo com o dono e rompo com o contrato de vocês. Agora à noite, quando for tocar, vocês desafinam os dois violões e cantam muito ruim, o pior que vocês podem. O dono do circo vai ficar muito zangado'.

"O dono do circo sabia que nós éramos dois índios e tínhamos estampa boa, mas não sabia que a gente cantava. O povo aplaudia por causa da roupa indígena e da simpatia, mas o talento era muito ruim.

"No dia seguinte Alvarenga foi lá e disse que queria comprar os artistas. O dono: quanto você paga? Alvarenga: nós não pagamos grande coisa porque esses artistas não valem nada. O cara disse: um conto de réis.

"Estreamos no Cassino, mas tocamos muito bem, cantamos bem. Nenhum dos outros nossos irmãos gostou de música, porque demanda inteligência, determinação, insistir, insistir, repetindo, repetindo.

"Aparecemos em revista. Mas o dinheiro que cobrava era muito pouco. Chegamos a ir a São Paulo e Buenos Aires, com um espanhol que se chamava José Montoja, que falou com um dos diretores da rádio El Mundo: 'Jo tengo aqui dois artistas índios que são um sucesso estrondoso'. Diretor de rádio gosta dessa história de sucesso estrondoso. Tinha uma artista brasileira famosa em Buenos Aires: Olga Coelho. Ela tocava violão muito bem, acompanhando a si mesma e com orquestra. 'Olga, você conhece dois índios que se chamam Índios Tabajaras?' Ela: 'conheço, são artistas muito bons'. Era não conhecia, falou apenas para ajudar. Porque brasileiro quando está no estrangeiro corre para ajudar ao outro.

"Contratou e fomos para rádio El Mundo de Buenos Aires, que era uma coisa espetacular.

"Antes de chegar a Buenos Aires, o dinheiro não deu para ir de avião. Fomos até um lugar chamado Córdoba. O empresário nos levou a um clube espanhol e nos apresentamos e fizeram uma arrecadação entre os associados, porque eram gente de riqueza, o rico da cidade. O dinheiro deu para comprar passagem para Buenos Aires. Fazia frio danado e nós não tínhamos roupa. Compramos casaco de lã em Córdoba. Quando chegamos a Buenos Aires, tinha vinte fotógrafos que nos fotografaram. Fizemos sucesso incrível. Tocávamos: 'Tico-Tico no fubá' e algumas composições minhas. O som era muito agradável. Tocamos no Teatro Maipu, na avenida Rivadávia.

"De Buenos Aires corremos a América Latina inteira. Não ganhávamos muito mas sucesso era muito.

"Quando chegamos no México, escutei música clássica e me apaixonei. Quando fomos ao cinema, vimos filme americano com Cornel Wilde. Conheci Chopin. E gravei 'Valsa em dó sustenido menor', nossa gravação mais famosa. Depois daquele filme me apaixonei e comecei a tocar de ouvido, mas imitando aquele som.

"Quando chegamos no México nos anunciaram: Índios Tabajaras, completamente ignorantes de música. Quem nos anunciou foi Ricardo Montalban, que não era conhecido na época. Era no Night Club El Pateo, cujo diretor era Miranda.

"Depois que escutei aquele negócio do Chopin, no outro dia saí para comprar música, comprei partitura de piano, Clemente Partitura de Piano e Compêndios de Moderna Harmonia de Rimsky-Korsakov.

"Um ano no México estudando dia e noite sozinho, sem professor, e aprendi a ler música. E examinei todas as músicas de Chopin,

"Quando chegamos na RCA Vitor, diziam: são os maiores do mundo do violão. Ninguém acreditava nisso. Os violonistas não dizem quem é o maior, mundo é grande demais: mas eu acho que ninguém toca aquela valsa e o 'Vôo do Besouro' que nem nós. Até hoje tocam nas reprises do Ed Sullivan, a gente vestindo de índio, e eu ainda me admiro.

"Nosso repertório é de música popular de acordo com o gosto do povo. Nós somos brasileiros, mas tocamos de acordo com o gosto do povo, para vender disco, para ter dinheiro para comer, trocar roupa. Aqui nos EUA estamos rodeados de países espanhóis. Se colocar só música brasileira, não vende.

"Ganhamos muitos milhões de dólares, mas nunca guardamos. Meu irmão faleceu oito anos atrás. Não era muito chegado aos sacrifícios da música. Nós temos que passar horas e horas. Música clássica leva muito tempo e, ademais, faço transcrição de piano para dois violões.

"Na 'Valsa em dó sustentido menor' botei sexta corda grossa, tem som do piano. O mi, coloco em lá, igual à quinta corda. É uma guitarra de sete cordas, mas afinada em lá. A sexta dá som muito melhor que no piano. A última corda do piano é lá bemol, mas não tem som, não se sabe se é lá, é muito grave. No baixo sinfônico de quatro cordas, aquela nota se escuta. Mas no piano não.

"O meu violão era um tom mais alto. É menor, o braço é mais curto, tem 26 trastes, que passam da boca do violão. São notas muito altas, igual ao piano e ao violino. Notas muito altas e o lá sustenido.

"Todos os violonistas de Espanha daquela época, Regino De La Matta, o maior violonista espanhol, o crítico do Diário ABC de Madri, não quis ir ao concerto e não acreditava que índio pudesse tocar música clássica. Foi um sucesso. Teatro Lope de Vega, teatro elegante.

"Parei por dois anos para escrever a minha história. O meu inglês é muito ruim. Parei com a biografia porque briguei com o sujeito que estava ajudando porque tomava muito dinheiro emprestado.

"Outro dia fui assistir os irmãos Assad aqui em Nova York. Eles não se lembravam da minha casa de Araruama, quando eram muito jovens. O pai levou eles para tocar para mim. Quando eles foram no concerto eu lembrei. Perguntei se eles estiveram em Araruama. Eles não se lembravam.

"Agora sou Nato Lima. Americano gosta de nome curto e ficou.

"Os maiores violonistas: conheci na Espanha o Regino. Os grandes daquele época não são os grandes de hoje. Hoje existem melhores. No Brasil tem alguns entre os maiores: Sérgio Abreu, os irmãos Assad, Turíbio Santos, também muito bom, e Barbosa Lima, que também é muito bom. E todos estiveram em casa, porque sou muito velho e eles pensam que vou morrer no próximo ano. Mas a gente de minha família vive muitos anos.

"O mundo progressou muito e a arte ficou mais exigente, os repertórios são melhores e mais bem tocados e gravados.

"Outro dia recebemos disco de guitarrista inglesa Amanda Cook, e a menina é a maior, para mim, a maior do mundo. Tem apenas 21 anos de idade e tem professor que conheço muito bem, e toca como ninguém.

"Gravamos cinco LPs só de música clássica. Nunca gravei sozinho. Agora é que vou gravar a primeira vez.

"A Amanda Cook me mandou disco. Todos esses artistas me mandam discos. A moça tem uma técnica limpa, interpretação fantástica, não perde nunca ritmo.

"Vamos à Inglaterra e vou gravar no lugar que ela gravou. Pedimos para uns amigos em Londres que conseguissem a igreja onde ela gravou. Vai ser minha primeira gravação sozinho. A mãe de Amanda nos convidou para ficar na casa dela durante gravação. É gente rica, pai é musicólogo. É em Sussex.

"Amanda está em Londres. Mãe ofereceu o quarto de Amanda. Fui gravar na igreja Fantomas. Gravei três músicas. Não pude mais, porque igreja construída muitos anos antes da descoberta do Brasil, e fazia muito frio. Que atravessava madeira.

"Quando vim para cá me deram título americano, mas disseram que não queriam tirar minha nacionalidade porque sabiam que eu iria voltar ao Brasil. Tenho terras, irmãos lá. Eles me disseram: com título americano você tem uma vantagem: se você caçar na Amazônia e se você se perder lá, nós mandamos sete helicópteros para encontrar você.

"Meu plano é ir morar no Brasil dentro de três anos. Mas a vida aqui é tão boa, uma moleza. O dinheiro chega do estrangeiro, e eu nem sei de onde vem, 43 países me mandam dinheiro de lá, e algumas vezes, nos últimos anos, tem engrossado.

"Moro em frente da sociedade que arrecada dinheiro, perto do Central Park. Tenho 45 composições registradas. Tem tanto dinheiro que fico desconfiado.

"Não fiquei milionário nunca porque nunca juntei dinheiro. Algumas vezes distribuí porque era muito. Hoje ganho 3 mil, 4 mil dólares por mês e é bastante. Às vezes recebo 9, 10 mil. Meu sonho é morar no mato, mas no dia em que encontrar terra, talvez no Estado de São Paulo, entre São Paulo, Campinas, Jundiaí. Quero 10 alqueires."

Folha de S.Paulo, fevereiro de 2004.

Os primos musicais do Mercosul

Passei o réveillon de 2004 em Buenos Aires. Antes de viajar, avisei a Ruiva que um dia inteiro seria tirado para os "velhinhos". Tenho interesse especialíssimo por velhos, especialmente os sábios, especialmente os que deixaram uma obra. O talento eles demonstraram durante toda a vida. A velhice e a perspectiva da morte lhes conferem sabedoria.

A imersão nesse mundo da velhice é fantástica. É como se quebrassem as barreiras do tempo e eles flutuassem no ambiente etéreo que compõe esse conjunto de conhecimentos que denominamos de história. Estão tão pertos da passagem e, ao mesmo tempo, tão presentes na dimensão da história.

Meses antes do réveillon, tinha me aprofundado no estudo da música folclórica argentina, um mundaréu de riqueza musical, que acabou sufocada pelo tango. Não tente encontrar uma boa casa de música folclórica em Buenos Aires.

No entanto, é um movimento de uma riqueza extraordinária, uma das melhores escolas de violão do mundo, cujo som só agora começa a ser mais bem apreciado pelo Brasil, a partir da influência exercida sobre Yamandu Costa.

Comecei minhas visitas por Félix Luna, notável historiador e jornalista, crítico de jazz e — descobri depois pelos *downloads* da internet — letrista de algumas das principais músicas desse movimento. São dele as letras de "Missa Criolla", um clássico da música sacra latino-americana, tendo como parceiro o pianista Ariel Ramirez. Ambos compuseram, também, "Alfonsina e o mar", em homenagem à poeta Alfonsina Storni, que se suicidou nos anos 1930. Na parte da tarde, visitei a Ordem dos Músicos, que comemorava sua festa de Natal. Lá, conversei longamente com um dos meus ídolos, o violonista, compositor e cantor Eduardo Falú, e captei os últimos momentos de lucidez de outro, o pianista Ariel Ramirez.

Pelo relato de Luna, fica-se sabendo que os folcloristas argentinos começaram a tomar corpo nos anos 1960. A "Missa Criolla", ponto máximo, é de 1964. Foi a grande época de Eduardo Falú, dos irmãos Ábalos, do primeiro festival de folclore de Cosquin, no qual foram revelados Jorge Cafrune e Mercedes Sosa.

Com Ramirez, Luna compôs mais de cinqüenta músicas, todos os temas de caudilhos, de mulheres argentinas, as cantatas sul-americanas e alguns temas soltos. No clássico "Alfonsina", surgiu, primeiro, a música de Ramirez, um zamba. "Assim que a ouvi, a concepção da letra surgiu como um milagre na minha cabeça, e decidi que a música deveria se chamar 'Alfonsina e o mar'", me contou ele.

São tão velhos os meus ídolos, que consideram Atahualpa Yupanqui, o índio violonista, seu contemporâneo, muito musical mas com uma obra um tanto rústica. O movimento se sofistica extraordinariamente quando entram em cena a musicalidade e a formação erudita do violonista Eduardo Falú e do pianista Ramirez.

Mas a fonte inicial do movimento foram os irmãos Abalos, de Santiago del Estero, que, a partir dos anos 1940, criam o estilo que se reproduziria em Falú, Ramirez e tantos outros, com forte influência andina — embora os pampas e a região de Rosário tenham contribuído para a formação do movimento. Eles misturam o piano, o violão e os instrumentos de percussão típicos da Argentina.

Os Abalos inspiraram uma série de outros conjuntos vocais, seguindo a moda dos vocais dos anos 1950, mas com uma harmonização e estilo guerreiro, à moda dos pampas. Los Fronterizos e Los Chalchaleros são os que mais se destacam.

Hoje em dia, há uma nova geração tomando o posto dos pioneiros. Dentre eles, uma jovem cantora, Soledad, com algumas gravações muito bonitas, ao lado de Horácio Guarani, mas que passou a enveredar pela música jovem latino-americana. E também Juan Falú, sobrinho de Eduardo, que morou uma temporada em São Paulo e trouxe a harmonização brasileira para a música folclórica argentina.

A música folclórica argentina é prima irmã não apenas da música gaúcha, mas da cantoria nordestina, todos filhos do violão ibérico. Mas são primos que nunca foram oficialmente apresentados.

8/4/2006

A musa oculta da bossa nova

Até entrar no site de Artur da Távola confesso que jamais tinha ouvido falar em Dulce Nunes, que muito apropriadamente ele chamava de "A Musa Oculta da Bossa Nova". E até baixar o arquivo com o programa que dedicou a ela, jamais poderia imaginar uma interpretação de "Onde está você" (Oscar Castro Neves e Luverci Fiorino) que pudesse se aproximar do clássico da Alaíde Costa.

Mas lá está, a voz suave, com uma interpretação à altura de Alaíde, acompanhada por Baden Powell e um quarteto de cordas sob arranjo de Guerra Peixe.

A história de Dulce explica o seu anonimato. Nasceu presumivelmente em 1938. Digo presumivelmente porque começou sua carreira como atriz em 1950 nos filmes *Estrela da manhã*, de Jonald de Oliveira, e o filme italiano *O noivo da minha mulher*.

Grande especialista da beleza feminina — sua crônica sobre Renée de Vielmond, nos anos 1970, foi uma das maiores elegias que li até hoje sobre a beleza feminina — Artur considerava Dulce das mais belas mulheres que conheceu na vida.

Quando a bossa nova estourou, era Dulce Bressane. Em 1956 casou-se com Bené Nunes, pianista da noite que ganhou muito prestígio no governo JK, por ser um dos músicos prediletos do presidente.

Permaneceram casados até 1965, e sua casa tornou-se um centro de reuniões musicais do jovem grupo da bossa nova.

Amiga de fé e de afinidade musical com Nara Leão, Dulce Nunes tem uma biografia musical surpreendente. Foi a intérprete original de "Pobre menina rica", de Carlos Lyra e Vinicius de Moraes, substituindo uma jovem cantora récem-chegada de Porto Alegre, Elis Regina. O LP tinha uma seleção brasileira no elenco. Além de Dulce, Moacir Santos e Catulo de Paula, e arranjos da Radamés Gnatalli.

Dulce se separou de Bené, manteve o sobrenome do marido, e atravessou o período da bossa nova, com sua grande amiga Nara Leão, cumprindo um papel dedicado, de apoiar amigos, e pouco se mostrar.

Depois de separar-se de Bené Nunes, Dulce juntou-se musicalmente a Baden Powell em uma série de shows, em uma temporada que durou um ano.

Em 1968 casou-se com Egberto Gismonti e, no ano seguinte, participou como cantora do LP *Egberto Gismonti*. Permaneceu casada até 1976. Mudou-se para a Europa com ele, e continuou em segundo plano, apoiando o marido.

A formação musical de Dulce era ampla. Estudou piano com Wether Politano, teoria musical com Paula e Silva, um negro alinhado, autor de tratados de música reconhecidos internacionalmente; composição com Guerra Peixe e Moacir Santos e análise musical com Esther Scliar, além de Pedro Paulo Castro Neves.

Compôs trilhas sonoras para peças de teatro, inclusive para *A madona de éfeso* e *O homem do princípio ao fim*, de Millôr Fernandes. Em 1968, uma parceria entre ambos foi gravada pela grande Joyce, em início de carreira.

À frente do selo "Carmo", lançou discos de André Geraissati, Luiz Eça, Robertinho Silva. Suas interpretações de "Estrada branca" e "Derradeira primavera" estão à altura das maiores interpretações da chamada escola da canção brasileira.

Tinha também amplo trânsito entre os escritores. Gravou um LP tendo como letristas alguns dos grandes escritores do seu tempo, como Carlos Drummond de Andrade, Jorge Amado, Mário Quintana e Guimarães Rosa, além de Vinicius de Moraes. Não chegou a ser uma grande compositora.

Depois de terminado o casamento com Egberto Gismonti, Dulce abandonou a música. Enveredou pela publicidade e pela decoração.

Foi personagem de uma peça de Maria Adelaide Amaral sobre a bossa nova.

2006

Os sons de Jacob

Foi em 1969, quando passei uma temporada na casa do meu tio João, em São Paulo, me preparando para o vestibular na USP, que ouvi pela primeira vez o primeiro dos três LPs do show do teatro João Caetano, que juntou Jacob do Bandolim, Época de Ouro, Elizeth Cardoso e o Zimbo Trio. Jacob havia morrido em agosto daquele ano. A emoção daquele LP me tirou a concentração do vestibular. Passava o dia inteiro ouvindo, entrava à noite com aquele som de Deus nos ouvidos.

Foi o maior show ao vivo da história. Não apenas isso, foi o maior momento de um dos maiores instrumentistas da história.

Jacob teve inúmeras facetas. Começou a carreira em meados dos anos 1930, ganhou projeção no final dos anos 1940. Nos anos 1950, incorporou recursos desenvolvidos por Garoto, nas poucas gravações de bandolim que fez. Depois, seguiu as recomendações de Radamés Gnatalli e resolveu aprender teoria.

Especialmente a partir do LP *Primas e bordões*, de 1962, até sua morte, transformou-se no maior instrumentista de seu tempo, em um dos maiores da história. Cada arranjo era cuidadosamente elaborado, tendo como acompanhante o Época de Ouro, de Dino e Meira, de Jorginho do Pandeiro e Jonas do Cavaquinho.

A releitura que fez de "Lamentos", de Pixinguinha, de "Murmurando", de Fon-Fon, de "Brejeiro", de Nazareth, em tudo fugia ao padrão de improviso do chorão tradicional. Jacob juntava o grupo, e ensaiavam exaustivamente cada música. Todos tinham liberdade para criar. Depois, Jacob ia selecionando as melhores sacadas de cada músico e, aí sim, fechava a obra em um arranjo irrepreensível, gravando com uma interpretação camerística.

Eram gravações de estúdio, e nelas Jacob colocava sua maior característica, a de não desperdiçar uma nota, a de sempre surpreender com a nota no contraponto, com os desenhos na hora certa, com a mudança de andamento, como um Sugar Ray Robinson desnorteando o adversário com seu movimento de pernas. Alberto Helena Jr. me contou que Jacob aprendeu esse modo de tocar nos tempos fracos com Nonô, o grande pianista tio de Ciro Monteiro. Tenho para mim que foi com Garoto, de quem Jacob assimilou todo o repertório de sons e acrescentou o rigor de suas interpretações.

Mas foi nas poucas gravações ao vivo que o gênio de Jacob explodiria de forma ainda mais esplendorosa. Uma delas foi em *Os saraus de Jacob*, gravado em gravador caseiro na casa de Paulo Tapajós, e lançado também após a sua morte.

Nada superou o show do Teatro João Caetano. Nem se diga os solos, irrepreensíveis, juntando seu rigor com a emoção provocada pela resposta do público. Seu grande momento é quando o bandolim se recolhe para um segundo plano impossível e passa a acompanhar os solos de Elizeth Cardoso. Há acompanhamentos magistrais em "Mulata assanhada", em "Jamais", "Até amanhã", "Feitiço da Vila". Mas seu maior momento é "Barracão", de Luiz Antonio, música simples, bonita, excessivamente curta para permitir interpretações magistrais para qualquer outro músico, que não se chamasse Jacob do Bandolim.

O bandolim começa humilde, centrando um cu-tchan-tchan-tchan, como um cavaquinho quadrado. Elizeth solta a voz e o violão de sete cordas de Dino ensaia as primeiras evoluções. Quando Elizeth repete o refrão, o bandolim solta pequenos trinados preparando a repetição, e continua no cu-tchan-tchan-tchan.

Quando Elizeth repete a primeira parte, o bandolim se solta, em arpejos, em contrapontos. Em um determinado momento, se comporta como uma cadeira de balanço, balançando pra lá e pra cá até se desvencilhar e sair voando, espalhando notas de luz pelo caminho.

Quando Elizeth dá a senha "vai Jacob", tem-se o mais belo improviso que o choro já conheceu. Jacob vai preparando o crescendo e Elizeth, dona das emoções, chama o público para o coro.

É noite de sexta-feira, as menininhas foram para a cama e me chamam para colocar o "anjinho do bom sonho" que protege seu sono e as livra dos sonhos ruins. Vou com os ecos de Jacob nos ouvidos. E me dou conta que nada melhor para nos aproximar de Deus do que os gorjeios das filhas e os sons de Jacob.

24/3/2006

O maestro da tropicália

Os da minha idade sabem o que foi a influência de Rogério Duprat e seus amigos maestros, mais os poetas concretistas, na juventude daquele final dos anos 1960. Influenciaram os baianos Caetano e Gil e implodiram com as escolas de música popular, como alguns anos antes haviam implodido com o formalismo da música erudita.

Por tudo isso, quando o Gutenberg Guarabyra, o Gut, me convidou, em janeiro de 2005, para visitarmos o maestro, concordei na hora. Cheguei um pouco atrasado no pequeno apartamento, perto do Aeroporto de Congonhas, onde o maestro fica quando vem a São Paulo, e deixa seu exílio em Itapecerica da Serra.

Duprat estava com 73 anos e vivia seus últimos momentos de lucidez. Estava praticamente surdo, misturava histórias recentes, mas na conversa lembrava-se de sua vida musical com uma lucidez impressionante.

Contou de seus tempos na casa da rua Rodrigues Alves, na Vila Mariana, vizinho da família Gandra Martins, quando ele e seu irmão Régis saíam com seus instrumentos para tocar na rua.

Começou a estudar violão aos 14 anos. Teve dois mestres fundamentais: o maestro Oliver Toni — que foi meu professor no meu primeiro ano na ECA — e o compositor Cláudio Santoro, um ex-discípulo do grande Koellreutter — o homem que trouxe a música atonal para o Brasil.

Rogério aprendeu violoncelo e, durante bom tempo, trabalhou na Orquestra Municipal de São Paulo e na da TV Tupi. Foi naquele período que o grupo de amigos — ele, Damiano Cozzella, Júlio Medaglia, Willy Correa de Oliveira, Gilberto Mendes — começou a bagunçar o coreto da música erudita, para desgosto de Camargo Guarnieri. Na mesma época, no Rio, o maestro Eliezer de Carvalho conduzia revolução similar, ampliando o repertório das orquestras brasileiras.

Um pouco antes, uma geração um pouco mais velha — composta por Santoro e Guerra Peixe — já começara a inovar, disseminando os conjuntos de câmera, acabando com o exclusivismo das grandes formações orquestrais nas apresentações.

Em 1962, com a ajuda da Secretaria da Cultura de São Paulo, Rogério conseguiu assistir a um curso de verão na Alemanha, do maestro Karlheinz Stockhausen, um jovem maestro nascido em 1928, e que se tornara o maior nome da vanguarda alemã.

Graças a Duprat, Stockhausen, o norte-americano John Cage, o francês Oliver Messien, caíram na boca da juventude estudantil da época. Dessacralizava-se a música, usava-se o bom humor — como a famosa peça de Cage, um concerto para máquina de escrever.

A bem da verdade, com raríssimas exceções, era uma música que, de minha parte, achava muito chata. Pegava o ônibus na Vila Maria, encontrava com meu amigo e parceiro João Cleber, que vinha do Ipiranga, e esperávamos na fila para assistir à música concreta cacetíssima.

Mas quando os maestros da Tropicália trouxeram a irreverência para a música popular, a história dos arranjos populares brasileiros passou por uma revolução comparável às de Pixinguinha e Radamés, décadas antes.

Parte daquele bom humor foi influência direta do LP *Sgt. Pepper's*, dos Beatles. Naquele fim dos anos 1960, achei na rodoviária de São João da Boa Vista um LP de um grupo vocal norte-americano, o *Harpers Bizarre*, que, tenho certeza, influenciou os maestros da Tropicália. Rogério lembrava-se vagamente do nome do conjunto.

Seu grande momento foi nos LPs de Caetano e da Tropicália na época. Mas, na conversa, dizia não perdoar Caetano, por ter criticado uma liberdade poética do maestro em uma das faixas: um sonoro pum. Não apenas o arranjo como a interpretação do pum foram do maestro.

Cozzella foi e deve continuar sendo um arranjador primoroso; Medaglia era outro de primeiro time. Mas os arranjos de Duprat tinham um toque que fazia a diferença, na maneira de usar as cordas.

O maestro agoniza em uma UTI em São Paulo. Me dizem que seu estado é irreversível. Em São Paulo, a música popular não é um valor cultural como no Rio de Janeiro. Por isso, o maestro agoniza sem alarde, completando a grande aventura do som que começou ali mesmo na Rodrigues Alves e terminou integrando a história da música brasileira do século XX.

8/12/2006

Os trigêmeos vocalistas

Há algumas cenas de infância que ficam registradas em todos seus detalhes na memória. Lembro-me até hoje no barracão do fundo da casa do meu tio Léo, com minhas primas mais velhas, a Cristina e a Rosa Maria ensaiando a primaiada para um "esquete" — como a gente dizia — que iríamos apresentar no sanatório de Divinolândia.

Uma das músicas dizia assim: "não sei se / meu vizinho quer ou não / me enlouquecer com seu piano alemão". Era nossa preferida. A segunda música era o "Cachimbão", ambas cantadas pelos Trigêmeos Vocalistas que, minhas primas juravam, além de cantar e tocar sapateavam. Eram os nossos Andrews Sisters.

Daquela geração de intérpretes curiosos, de quem eu mais gostava eram os Trigêmeos e o Bob Nelson — o rei do faroeste. Em quase todas as suas músicas eles davam aquele floreio de voz, em falsete, imitando os tiroleses.

Foi algum tempo depois, acho que em uma das comédias da Atlântida, que vi pela primeira vez aqueles três, cara de italianões de bem com a vida, sapateando, cantando de forma harmônica, enfiando do larilalá tirolês em tudo quanto era samba.

O conjunto foi criado em 1937 pelos irmãos Armando Carezzato (1917) e os gêmeos Raul (1921) e Humberto, de uma enorme família italiana que morava no Brás, entre a rua Oriente e o alto do Pari. Humberto era o *crooner* e o cavaquinho, Raul o baixo, e tocava ritmo e flauta, Armando a terceira voz e violão tenor. O sapateado era feito por Humberto e Raul.

Em 1939 foram contratados por Raul Roulien — cantor brasileiro que fizera sucesso em Hollywood — para uma temporada no Cassino Atlântico, do Rio. Seu primeiro grande sucesso foi "Linda baiana", de autoria do trio e de Álfio Miranda. Seu maior sucesso — eu nem sabia que era deles, mas minha mãe cantava todo dia, e quando a gente ia passar férias em São Sebastião da Grama, o povo de lá gostava bastante — foi o "Sarita" — "adeus Sarita / vou partir para a fronteira / vou levar minha boiada / pra vender lá na feira / Com o dinheiro dessa venda / eu vou comprar / mais uma linda fazenda / e contigo namorar".

Estrearam no Cassino da Urca em 1942, ao mesmo tempo em que Pedro Vargas fazia uma temporada cantando o clássico "Besame Mucho". No Rio, trabalharam durante 22 anos na rádio Nacional, gravando autores dos mais clássicos aos mais extravagantes. "Cachimbão" era de B. Toledo. "Piano alemão" era música de um certo Nagib. Em 1940, pela Odeon, gravaram "Sacrifício demais" (Assis Valente e Leandro Medeiros) e "Vieni, Vieni" de Vicente Scotto.

Adoravam músicas que falavam em Zorro, Tigre, Tonto. Mas gravaram sambistas clássicos como "Quem pode pode, quem não pode se sacode" do histórico Bucy Moreira. De Nelson Cavaquinho gravaram "Agora é tarde" ("quem é você / pra dizer que manda no meu lar / agora é tarde / outro amor está no meu lugar"). Compuseram com Grande Otelo, Blackout, Jararaca.

Aposentaram-se em 1971. Faz seis anos que morreu Armando, o mais velho, violão tenor e dono da voz mais aguda. Os gêmeos Raul e Humberto estão firmes na paçoca. No dia 25 de março completaram 80 anos. Ambos moram juntos no Rio e estão passando uma temporada em Guarujá na casa de uma irmã.

Ao telefone, Raul começa a desfiar seus maiores sucessos, como "Dom Pedrito" (Djalma Esteves e Célio Monteiro) — "lá vem o dom Pedrito / montado num burrico / cantando o...". E o Humberto lascava o tirolês final. O sapateado foi responsável por um de seus maiores sucessos, um fox que dizia:"Eu vou sapatear eu gosto tanto, tanto / de sapatear / se eu pudesse eu sapateava / dia e noite sem parar" (Nicolau Bruni).

Ao todo, gravaram quase quatrocentos discos de 78 rotações. No momento estão passando todos os discos em fitas cassetes. E acham que, devido aos avanços do tempo e da globalização, da modernização dos costumes e tudo o mais, poderão gravar uma música interditada há muitas décadas, com evidente prejuízo para o cancioneiro popular, de nome "Peru de fora" — "peru de fora não se manifesta / o meu peru é que se faz a festa / com farofa bem fofinha / danço o galo e a galinha / meu peru não sai da roda / rodopia na farinha".

21/9/2001

A presença de Radamés

Tudo bem que se comemorem os 250 anos de nascimento de Mozart, patrimônio da humanidade. Mas o descaso com que foi tratado o centenário de nascimento de Radamés Gnatalli é significativo do subdesenvolvimento brasileiro. Não adianta: a um subdesenvolvimento cultural corresponde um econômico.

Radamés não foi apenas um grande compositor e intérprete. Foi um dos músicos fundamentais da história da música brasileira no século XX. Nascido em 1906 em Porto Alegre, filho de imigrantes italianos, desde cedo impressionou pelo virtuosismo ao piano. Junto com a irmã Aída, gravou peças históricas a quatro mãos.

Aos 14 anos entrou no Conservatório de Porto Alegre; aos 16 anos, tornou-se pianista do Cine Colombo. Por falta de recursos não seguiu a carreira de concertista. Tivesse seguido, teria sido um dos grandes pianistas do século. Suas gravações de Nazareth são superiores inclusive às de Arthur Moreira Lima — sem nenhum demérito para Arthur.

Conseguiu algum sucesso no Rio em 1923, mas acabou voltando para Porto Alegre. Em 1929 retornou ao Rio, para uma apresentação com orquestra. Insuflado pelo clima nacionalista trazido pela Revolução de 1930, Radamés deu início a uma promissora carreira de compositor erudito da escola nacionalista, com sua "Rapsódia brasileira".

A falta de espaço na música clássica acabou por enredá-lo na música popular. Passou a tocar nas orquestras de Romeu Silva — um dos primeiros chefes de orquestra a excursionar pela Europa — e Simon Boutman, maestro judeu legendário, tocando o que aparecesse pela frente, de operetas a bailes de carnaval.

Nesse período enveredou pelo campo dos arranjos populares. O século terminaria com Radamés sendo reconhecido como o grande arranjador brasileiro, modernizando uma escola de arranjos que tinha em Pixinguinha seu ponto mais alto — mas muito fincado no sotaque dos dobrados.

Radamés passou a escrever arranjos para o maior cantor brasileiro, Orlando Silva, incorporando definitivamente o sotaque americano na música brasileira, mas sem deixar de lado nossas características.

Os cassinos abriram campo profissional para Radamés, que passou uma temporada em Lambari, onde conheceu Luciano Perrone, o baterista que integraria todos seus conjuntos dali para frente.

Com a inauguração da Rádio Nacional, ficou 13 anos como líder da "Orquestra Brasileira de Radamés Gnatalli", que se apresentava no programa "Um milhão de melodias". Praticamente compunha um arranjo por dia. Esse misto de erudito e popular o fez amado pelos músicos populares, e visto com desconfiança pelos eruditos de casaca.

Conheci Radamés quando ele já tinha 80 anos. Um dia veio se apresentar na Funarte, em São Paulo. Fomos apanhá-lo na saída. Nem me lembro quem foi o amigo que me apresentou a ele, provavelmente o Pelão, que conheceu todos os deuses do Olimpo. De lá, saímos para comer uma pizza. Eu olhava o mestre e tentava encontrar algum botão no cérebro que permitisse registrar cada segundo da conversa.

Foi ele quem me informou que o autor da valsa "A louca" era Chico Neto, palhaço de circo que tocava cavaquinho, e que o arranjo para violão foi de Teodoro Nogueira, paulista que fez carreira no Rio e faleceu poucos anos atrás. Contou também que, ao contrário do que se espalhava no Rio, a primeira esposa de Garoto, o Aníbal Augusto Sardinha — outro dos músicos fundamentais do século —, era uma senhora simples e boa. Problemas terríveis ele enfrentava com a segunda, que queria impedi-lo a todo custo de mandar ajuda para a ex e para o filho. Muitas vezes, Garoto passou dinheiro escondido para Radamés mandar para sua família paulista. Ele e Garoto foram sócios em uma chácara no Rio.

Radamés revolucionou o choro, incorporou no choro do pós-guerra os avanços que aconteciam no jazz. Mas, até então, considerava o choro uma escola pobre, comparada com o jazz. A rigor, respeitava apenas Pixinguinha como músico à altura dos americanos.

Não sei se mudou de opinião com o tempo, principalmente depois da grande revolução harmônica do pós-guerra, quando o choro se moderniza harmonicamente, e os improvisos se desenvolvem sem perder o elo com a melodia, enquanto o jazz se perdia em estereótipos que tiraram toda sua vitalidade.

Pouco saiu na mídia. Mas no coração de cada chorão brasileiro se comemorou o centenário de uma das referências musicais do século.

3/2/2006

O maior dos conjuntos vocais

As vozes estão algo cansadas, algumas um pouco envelhecidas, mas o som ainda é surpreendentemente moderno. Quem nunca ouviu falar do conjunto vocal Os Cariocas, assistiu a suas apresentações atuais mas, especialmente, ouviu as velhas regravações poderia imaginar que é um filho da revolução vocal que produziu, entre outros, o americano Take Six. Mas o conjunto é mais antigo e a parte mais criativa, com arranjos vocais sem paralelo na história da música brasileira, é dos anos 1940 a 1960.

O país já tinha uma boa tradição de grupo vocal. Nos anos 1930 surgiram os pioneiros O Bando dos Tangarás (de Braguinha, Almirante e Noel), O Bando da Lua (de Badeco, Aloísio de Oliveira) — com muita ênfase instrumental. Nos anos 1940 e 1950 brilharam Os Anjos do Inferno — com seu esplêndido *crooner* Léo Villar —, Quatro Azes e Um Curinga, Quitandinha Serenaders, Demônios da Garoa, Quarteto X, Garotos da Lua, Namorados da Lua.

Mas como Os Cariocas, nenhum. Eles surgiram após os Anjos do Inferno e antes do Quarteto (excepcional conjunto de vida curta de meados dos anos 1960) e do MPB4 — o conjunto vocal que domina a cena de meados dos anos 1960 a 1970.

Eu peguei a rebarba, o período bossa nova deles. Mas a vanguarda vinha de antes. O conjunto foi criado por Ismael Neto nos anos 1940 no bairro da Tijuca. Os arranjos tomavam por base os naipes das bandas americanas da época, harmonizados em quatro ou cinco vozes. Os melhores conjuntos da época não avançavam além de três vozes.

Quando começou o sucesso, o grupo era composto por Ismael Neto, arranjador, primeira voz e violão, Severino Filho, segunda voz e percussão; Emmanoel Furtado, o Badeco, terceira voz e violão, Waldir Viviani, solista, percussão e quinta voz e Jorge Quartarone, o Quartera, quarta voz e percussão.

Seu primeiro disco em 78 rotações tinha "Adeus América", de Haroldo Barbosa e Geraldo Jacques e "Nova ilusão", de José Menezes e Luiz Bittencourt, dois clássicos irretocáveis do período.

Até meados dos anos 1950, bebendo no repertório balançado dos anos 1940, naquele grupo de compositores de elite como Haroldo Barbosa, Alcyr Pires Vermelho, Wilson Batista, Os Cariocas ajudaram na passagem do sincopado para a bossa nova — algo que seria completado, anos depois, por João Gilberto.

Sua fase pré-bossa foi um banho de irreverência, balanço, harmonização, sofisticação, como em "Cadê Jane", de Wilson Batista e Erasmo Silva, o "Neurastênico" (Betinho e Nazareno de Brito, sucesso na voz dos Trigêmeos Vocalistas), o "Qui nem jiló" (Luiz Gonzaga), que gravaram ao lado de Marlene. E, especialmente, as composições de seu líder, Ismael Neto. Compositor dos mais inspirados, antes de falecer, em 1956, deixou vários clássicos, o maior dos quais foi a "Valsa de uma cidade", em parceria com Antonio Maria, a mais bela homenagem que o Rio de Janeiro já recebeu. Foi dessa fase inicial a gravação de "Tim-tim por tim-tim", também de Barbosa e Jacques, com o espírito da bossa nova já totalmente encarnado. A música seria, depois, regravada por João Gilberto.

Após a morte de Ismael, Severino Filho assumiu seu lugar, depois de ter passado pelos cursos de Joachim Koellreutter, e não deixou a peteca cair. Aliás, o maestro é mais conhecido por ter introduzido o atonalismo na música brasileira e pelas enormes polêmicas que manteve com os compositores nacionalistas (Camargo Guarnieri à frente). Mas por suas mãos passaram os maiores instrumentistas populares do período, de Severino a Cazé, de K-Ximbinho a Tom Jobim.

Até então, a primeira voz em falsete era feita por Ismael. Seu lugar foi ocupado por Hortência Silva, sua irmã. Em 1959 saiu Hortência, e Severino assumiu a voz de falsete. Em 1962 participaram da histórica temporada no Au Bom Gourmet, ao lado de Tom Jobim, Vinicius de Moraes e João Gilberto, temporada marcante para a bossa nova e para o grupo, com a incorporação do Luiz Roberto, uma de suas mais belas vozes.

Dali para frente, Os Cariocas se tornariam o vocal símbolo não apenas da bossa nova, mas o mais sofisticado som vocal que esse país de mil vozes já pôde ouvir.

Longa vida a Severino Filho.

18/5/2007

O magrinho elétrico

Dentre todos os gêneros da música popular brasileira, nenhum se tornou tão popular quanto as marchinhas de carnaval, um gênero que começa a se desenvolver nos anos 1930, mantém a vitalidade até meados dos anos 1960, depois fenece.

Mais do que qualquer outro gênero, a marchinha reflete magistralmente o espírito carioca do período, a malícia, a malandragem simpática, a verve imbatível. Dentre os cantores, nenhum conseguiu encarnar melhor esse espírito do que Joel de Almeida, o "Magrinho Elétrico", rei da marchinha, sambista dos mais inspirados, proveniente de uma família extremamente musical. Seu irmão Janet de Almeida foi um dos criadores do samba sincopado, e falecido antes dos 30 anos.

A estupenda coleção do Senac, de programas de Fernando Faro, preparados pelo produtor José Carlos Botezelli, o Pelão, em sua última edição traz uma síntese do programa de Joel de Almeida, que é para ouvir sem parar.

Joel não foi apenas o cantor de marchinhas, mas um seguidor fiel do samba sincopado inaugurado por Luiz Barbosa, seu grande ídolo. Foi com Barbosa que aprendeu a fazer o ritmo no chapéu de palheta, e tornou-se, por acaso, ritmista de uma gravação histórica, o "Na Pavuna", que praticamente inaugurou o estilo samba urbano no país, e foi a primeira a ter o bumbo na marcação, em gravação de estúdio.

Nascido em Vila Isabel, Joel foi amigo e contemporâneo de Noel Rosa e de toda a chamada geração de ouro da música brasileira. Na época, estavam em voga as duplas masculinas de cantores. A mais famosa, mas de vida breve, foi a de Francisco Alves e Mário Reis interpretando clássicos de Ismael Silva. Na sua cola, surgiu a dupla Jonjoca e Castro Barbosa, quase uma xerocópia autenticada da primeira.

Em 1930, logo após a revolução, chegou ao Rio de Janeiro um soldado gaúcho de farda, violão e voz. Era Francisco de Paulo Rangel. Conheceram-se e surgiu a dupla Joel e Gaúcho, que, ao lado da breve dupla Mário Reis e Francisco Alves, se constituiria no mais famoso duo masculino da história da música brasileira.

Começaram a trabalhar na rádio Phillips do Rio, no programa do Casé — o grande homem do rádio brasileiro. Seu primeiro sucesso foi em 1935 com um samba sincopado dos mais saborosos que o país produziu, o "Estão batendo" (Gadé/ Valfrido Silva). "Estão batendo / se for comigo diga que não estou (só pode ser o cobrador) / é a mulata, que há muito tempo você abandonou." Na segunda parte, o sincopado comia solto com um "estão ba-ra-que-tendo" que botava paralítico para sambar.

Nos anos 1970, Marchezan, aposentado da CESP e um dos freqüentadores mais assíduos do bar do Alemão, na Água Branca, conhecia de cor e salteado todas as músicas e as duas vozes da dupla. Seu maior sucesso, pelo menos no Alemão, foi o samba "Foi uma pedra", de Pedro Caetano, com uma segunda voz imbatível ("levava jurando / ter grande afeição por mim / tu foste embora me deixando triste assim"), gravação de 1940.

Em 1936 a dupla obteve um sucesso estrondoso com a marchinha "Pierrô apaixonado", de Heitor dos Prazeres e Noel Rosa. Joel testemunhou o nascimento da canção em uma mesa de bar e saiu correndo dali para gravar, antes que passassem a música para Francisco Alves, o grande campeão de vendas da época. E também seria o grande sucesso do filme *Alô, Alô Carnaval*, de 1936, dirigido por Ademar Gonzaga, no qual a dupla é acompanhada pelos Diabos do Céu.

Dali por diante, a lista de sucessos foi infindável, marchinhas, como "A mulher do padeiro" (J. Piedade/ G. Augusto/ N. Bruno), e uma sucessão de clássicos do sincopado, como "Cai, cai" (Roberto Roberti) ("cai, cai, cai, cai / eu não vou escorregar"), e outro clássico de Bucy Moreira com Miguel Barroso, o "eu não pretendo aceitar / de modo algum / pois o dinheiro que você me deve, deve, não precisa pagar" / A única coisa que quero de você são os carinhos seus / pra satisfazer os desejos meus".

Com o fim do jogo, a dupla tentou outros ares, indo cantar com a orquestra do famoso maestro Simon Boutman na Argentina e no Uruguai. Em 1947 se separaram. Gaúcho abandonou a vida artística e Joel continuou sozinho, colecionando sucessos. "Quem sabe, sabe" ("quem sabe, sabe / conhece bem / como é gostoso / gostar de alguém"), dele e Carvalhinho e "Madureira chorou" (Carvalhinho/ Julio Monteiro) foram músicas cantadas por todos os anos 1950 e 1960.

Em 1962 voltou a se reencontrar com Gaúcho, lançando um LP com os maiores sucessos de sua carreira.

Na era da televisão, até falecer Joel continuou sendo uma referência, com seu ar de dândi dos anos 1930, a simpatia tipicamente de carioca do subúrbio, a auto-ironia com a própria magreza. Um clássico!

21/5/2007

O gênio que se perdeu

O evento terminou perto das dez da noite. Era convenção de um banco e me convidaram para um trote no pessoal. No meio do jantar, entraria no palco como se fosse dar uma palestra de economia. Antes que sobreviesse a indigestão geral, conduziria uma roda de choro. Levei um time da pesada, o Zé Barbero, no sete cordas, o Stanley na clarineta, o Alexandre no trombone, o Joãozinho Torto no cavaquinho e a Roberta no pandeiro.

Saí dali direto para o Ó do Borogodó, com a minha filha Luizinha, uma mocinha adulta, linda nos seus 21 anos. Ia se apresentar um duo de violão, um deles o Mineiro, um dos mais sofisticados violonistas de São Paulo, mais um aluno, menino de pouco mais de 20 anos.

Enquanto afinavam o violão, fiquei matutando sobre a qualidade da nova geração de músicos. De vez em quando baixo no velho bar do Alemão, e, em um dos dias da semana, se apresenta uma rapaziada também mal passando os 20 anos, todos com talento e, muito mais do que na minha geração, com formação musical.

Estava imerso nesse pensamento quando o moreno forte veio em minha direção. Estava com esses calções longos, tênis, compleição saudável. Demorei um tempo para reconhecer o menino Charles da Flauta, agora adulto de mais de 30 anos, tentando um penoso recomeço.

Conversa comigo, mostra carinho, evita olhar muito para a moça ao meu lado, suspeitando que fosse alguma paquera de coroa assanhado. Quando lhe disse que era Luizinha, derreteu-se, lembrando-se de mais de dez anos atrás.

Contou da luta contra as drogas, das reuniões nos Alcoólicos Anônimos, do casamento com uma moça que está colocando-o na linha.

Enquanto fala, minha memória salta para 16 anos atrás, em uma manhã em que levei a Luizinha e a Mariana para passear na praça da República. Chegando, vi três moleques batendo bola e carregando instrumentos, flauta, violão e cavaquinho. Quando começaram a tocar, parei. O som que vinha da flauta não era desse mundo.

O rapaz acompanhava o irmão gêmeo, que cantava bonito, mas fazia tais floreios, com tal segurança, que não tive dúvidas de estar diante de um gênio.

Perguntei o nome dos três, eram Charles da Flauta, o gêmeo Reinaldo, do violão, e o Alex do cavaquinho. Tocavam na rua com o pai, um sujeito bronco, bovino, mas de boa índole, que mascateava enquanto os filhos tocavam.

Perguntei onde ficavam durante a semana. No final de semana seguinte convidei o produtor musical Aluízio Falcão para conhecer os meninos. Pedi para Charles tocar "Primeiro amor", de Patápio. Envergonhado, disse que não sabia. Antes do final do dia, foi ao Hilton Hotel, onde estava hospedado o grande Altamiro Carrilho, e ficou telefonando para o apartamento, até que o músico descesse e aceitasse lhe ensinar a valsa. Aprendeu na hora. E é uma das peças mais complexas da flauta brasileira.

Dali saiu o LP *Pingo de gente*, patrocinado pela Eletropaulo, graças ao Audálio Dantas, ex-presidente do Sindicato dos Jornalistas.

Antes do lançamento do LP, percebi que Charles iria estourar em todo o país. Levei sua família em casa, expliquei que certamente teriam sucesso, que seriam convidados para tocar no programa da Xuxa e em outros mais, que ganhariam dinheiro, mas que tudo era provisório: que aproveitassem o momento e não se deslumbrassem.

Bobagem, pretender que aqueles meninos pudessem entender sequer de longe o novo mundo que se abriria para eles. Mesmo assim, convenci o Audálio a contratar o velho Carrasqueira, o "canarinho da Lapa", mestre de todos os flautistas de São Paulo, para ministrar aulas a Charles.

O disco estourou, conforme o previsto, e Charles passou a ser incensado, de imediato, pelo Olimpo musical brasileiro. Foi convidado para tocar com Paulo Moura, Arthur Moreira Lima, apareceu em programas de televisão e, em um encontro de músicos de rua, na Holanda, patrocinado pela Unesco. Foi considerado *hors-concours* e voltou com uma medalha, que pediu para a Ica guardar para ele.

O sucesso virou a cabeça deles e, antes deles, do pai. Deixou as aulas com Carrasqueira e, junto com os irmãos, tiveram conflitos de monta, especialmente após o pai ter se casado de novo. Chegaram a passar uma temporada na Febem, mesmo não tendo cometido crime algum.

Quando Charles estava próximo de fazer 18 anos, achei que estaria maduro para um passo maior. Chamei-o para conversar. Dias antes, tinha conversado com o maestro Júlio Medaglia, que conseguiu que Charles fosse aceito pelo primeiro flautista da Filarmônica de Berlim. O alemão entrou em êxtase quando ouviu o LP de Charles, e aceitou na hora ser seu professor.

Originalmente, um músico com formação de sopro, Medaglia não tinha dúvidas: se se dedicasse um ano aos estudos, Charles seria o maior flautista do mundo. O mesmo me disse Arthur Moreira Lima, o mesmo me disse Baden Powell.

Com o professor alemão aceitando o aluno, conversei com um irmão do Décio e do Cláudio Tozzi, diretor da Phillips, que conseguiu que a empresa bancasse a bolsa.

Quando perguntei ao Charles se gostaria de estudar no exterior, ficou um pouco indeciso, com receio de abandonar a família, que dependia do seu talento. Conversei com o comandante Rolim, que imediatamente empregou a família toda para tocar na sala de embarque da TAM, inaugurando o espaço musical.

Os músicos alemães chegariam ao Brasil em agosto, para uma turnê, e levariam consigo Charles. Em junho, Rolim me encontrou na sala de embarque, e me disse que algo estava errado com o Charles. Andava irritadiço, atrasando nas apresentações, ia muito ao banheiro.

Chamei os dois gêmeos em casa para uma conversa. No dia seguinte minhas filhas deram pela falta de brinquedos. Um comerciante de Cotia ligou reclamando de um cheque meu que recebera, e cuja assinatura não conferia.

Estava claro que a droga tinha conquistado mais dois adeptos.

Conseguimos com o Laco, ex-pediatra de nossas meninas, sua internação em uma clínica de drogados.

O tratamento durou dois meses. Foi o último momento de tranqüilidade dos irmãos. Íamos lá aos finais de semana, eles contaram a história da mãe, que morreu em seus braços quando tinham 9 anos, compuseram músicas para minhas menininhas, escreveram cartas de agradecimento.

Quando saíram, hospedei-os durante algum tempo em um quartinho no predinho da Dinheiro Vivo, na rua Maria Antonia.

O primeiro dinheiro que conseguiram, em shows, gastaram com mulheres e drogas.

Foi feita uma última tentativa de recuperação dos moços. Quando percebemos que estavam se envolvendo com traficantes, desistimos.

Passei a receber informações picadas dos irmãos. O Alex que, pela aparência, parecia ser aquele com maior vocação para desvios, revelou-se um rapaz maduro, sério, que jamais se meteu com drogas. Já os gêmeos prosseguiram sua vida, de cabeçada em cabeçada. Ora vinham notícias de pessoas que os tinham visto dormindo na rua, ou entrando em ônibus para pedir esmolas.

Foi o flautista Carlos Poyares, já falecido, que um dia me contou que Charles estava preso. Tinha dado uma facada em alguém. Depois, foi libertado.

Agora está em uma dura luta pelo recomeço. De vez em quando, tem recaídas, mas consegue se levantar. Pensa em ter filhos, sabe que pode ser importante para ele. Voltou a praticar a flauta. Me conta que está tirando a valsa "Desvairada", de Garoto, o "Primeiro amor", de Patápio.

Se tudo der certo, poderá ser um bom músico, um bom pai de família, seguindo o exemplo de Alex.

Mas o Charles da Flauta, o menino que despontava como sucessor de Altamiro, e como o futuro maior flautista do mundo, não existe mais. Que Deus salve o Charles Gonçalves do destino que fulminou o menino Charles da Flauta.

19/2/2005

O rei do *swing*

Comecei a me interessar pelo guitarrista argentino Oscar Alemán ainda nos anos 1970, depois de ler um comentário do crítico norte-americano Leonardo Feather — considerado o maior crítico do jazz — reputando-o dono de um *swing* superior ao de Django Reinhardt, um dos maiores da história.

Na minha primeira viagem à Argentina, em 1985, voltei com meia dúzia de fitas velhas de Alemán, a informação de que ele falecera em 1980 e tinha uma filha de nome Selva, atriz de televisão. Todas as vezes que voltava a Buenos Aires retornava com mais algumas fitas. Em todas elas, *standards* da música internacional e uma profusão de músicas brasileiras, de Caymmi à bossa nova e, especialmente, no choro.

Na penúltima viagem, resolvi tirar três dias para passear em Buenos Aires e tentar localizar alguma coisa de Alemán e Eduardo Falú — esplêndido violonista, cantor e compositor argentino.

Não consegui convencer a filha de Alemán, Índia Morena, que eu era jornalista querendo informações sobre o pai. Ficou desconfiada, querendo que eu enviasse e-mails com mais dados. Não deu tempo de cumprir as exigências.

Na verdade, o que me interessava na visita era saber mais sobre a fase da vida de Alemán em Santos, que marcaria para sempre sua produção. Seu balanço, com mistura de choro, ritmos caribenhos e jazz, forneceu as bases para o jazz latino que, depois, explodiria em Cuba e, especialmente, no estilo Paquito de Rivera.

Em um CD lançado na França, que adquiri anos atrás, soube de sua infância em Santos, da amizade com o violonista santista Gastão Bueno Lobo, de sua volta a Buenos Aires ainda nos anos 1920, quando criou a dupla Los Lobos.

O jornalista Alan Romero, radicado em Portugal e minucioso pesquisador da internet, me forneceu informações adicionais sobre Aleman.

Oscar Marcelo Alemán nasceu no Chaco, Argentina, em 20 de fevereiro de 1909. Foi menino de rua em Santos. Tomava conta de carros e se apresentava nos bares do cais dançando, cantando, e tocando cavaquinho. Aliás, tenho duas versões da música "D.A. 1925", um tema de jazz de sua autoria, solado no cavaquinho, sem nenhum acompanhamento, de deixar o Armandinho de queixo caído.

A mãe de Alemán era a pianista Marcela Pereira, índia da tribo Toba. O pai era o violonista uruguaio Jorge Alemán Moreira, descendente de espanhóis. Informações dos biógrafos dão conta de uma família musical e feliz, com muitos irmãos que constituíam o Moreira Sextet.

Em 1919 eles se mudaram para Santos. Em 1920 a mãe morreu em Buenos Aires. No ano seguinte, o pai se suicidou em Santos. Os irmãos mais velhos sumiram e, aos 12 anos, Oscar se tornou menino de rua. Além da música fez de tudo, de palhaço de circo a boxeador.

Em 1924 conheceu Gastão Lobo — que depois, na Argentina, virou Gaston — que o iniciou no choro e no cavaquinho, e mudaria sua vida. Voltou a Buenos Aires, depois passou pelo Rio e seguiu para uma temporada parisiense. Lá, Alemán foi descoberto pela vedete Josephine Baker.

Ficou até 1940 brilhando na França, revezando-se com Django no histórico Hot Club de Paris. Teve inúmeras oportunidades de seguir carreira, uma delas em um convite de Duke Ellington, o maior nome do jazz norte-americano, para integrar sua orquestra.

Deixou tudo para trás e voltou para Buenos Aires. Lá montou diversas formações, de orquestras a quintetos e trios. Suas apresentações com o extraordinário violinista chileno Hernán Oliva nada ficam a dever às históricas gravações de Django com o violinista Stephane Grapelli.

Tem um filme sobre ele, vendido em VHS, *Oscar Alemán — A Swinging Life*.

Meu guru Nelsinho Risada, grande cavaquinho, me contou que no início dos anos 1950 assistiu a uma apresentação de Alemán. Era um *showman*, que gostava de tocar com a guitarra nas costas.

Mesmo com essas extravagâncias, está sendo redescoberto e considerado, com toda justiça, um dos maiores guitarristas do século. Graças, em parte, a Gastão Lobo e ao choro.

13/7/2007

O cançonetista brasileiro

Na enorme geléia geral da música popular brasileira, um personagem que teve destaque décadas atrás foi o "cançonetista", o *chansonneur*, de acordo com a influência trazida por Maurice Chevalier.

Em um período em que os cantores americanos dominavam, de Frank Sinatra e Bing Crosby a Pat Boone e Elvis Presley, Chevalier era uma exceção admirável. Além disso, o grande ambiente artístico daqueles tempos eram os cassinos — fechados em 1946 —, apropriados a esse tipo de *crooner*, que não apenas cantava como representava.

Nos cassinos de Poços, fez enorme sucesso Juan Daniel — pai do diretor Daniel Filho — que pegava o microfone e caminhava pelo salão de baile, cantando e jogando galanterias para os casais.

Não peguei esse período. Passei a ter noção maior das coisas lá por volta de 1958, aos 8 anos de idade. E aí a referência absoluta de música era a rádio Nacional, e nosso "cançonetista" predileto era Ivon Cury. Meu pai comprava todos os 78 lançados por ele. Anos depois, Moacyr Franco seria seu sucessor, inclusive trazendo pela primeira vez para o Brasil a "Balada de um louco", de Piazzola, no início dos anos 1970.

Ivon nasceu em Caxambu e seguiu para o Rio junto com seu irmão Jorge Cury, na época o mais conhecido comentarista de futebol do rádio. No início trabalhou na Orquestra do Zacarias, que tocava no Copacabana Palace. Em 1947 foi contratado pela rádio Nacional, onde viveu cerca de 15 anos de imenso prestígio.

Na época, a rádio Nacional atendia a todos os gostos. Seu famoso *cast* cobria todos os setores de público, de Francisco Carlos (o queridinho do público jovem), a Marlene e Emilinha, passando pelos melhores arranjadores nacionais de todos os tempos, liderados por Radamés Gnatalli. E, nela, Ivon Cury era o grande destaque.

Havia grandes cantores de sambas-canção e músicas estrangeiras, como Dick Farney e Lúcio Alves. Ivon tinha uma voz quase tão bonita quanto a de Dick, um aveludado que não chegava a transbordar, e uma enorme versatilidade musical.

Em seu repertório havia lugar para as canções francesas. "C'est si bon" e "La vie en rose", para o repertório de Chevalier e de Edith Piaf, e para inúmeras versões musicais. Esse fato fez com que não fosse completamente aceito nos templos da chamada música popular autêntica, o que contribuiu para que sua memória se diluísse no tempo.

No entanto, foi um notável intérprete dos mais variados tipos de música brasileira. Era muito engraçado interpretando músicas buliçosas nordestinas, como "Perfume nacioná" (Zé Dantas), sambas-canção da última fase, como "Amendoim torradinho" (Henrique Beltrão), os sambas-canção de Caymmi ("Sodade matadeira", "Dora", "Nunca mais", "Não tem solução"), toadas como o "Xote das meninas" (Luiz Gonzaga — Zé Dantas), que fez mais sucesso com ele do que com o próprio Luiz Gonzaga, a "Farinhada", o 'Xote miudinho", a valsa o "João Bobo", imenso sucesso de sua autoria ("João bobo, coitado, tolinho / Falava sozinho, sempre a caminhar/

Mas quando passava ao seu lado /A Rosa do prado, parava a olhar. / Rosinha era moça bonita / De seda ou de chita chamava atenção / A todos seu amor vendia / Mas nada queria c'o pobre do João... Ai, João bobo é gozado / Quer casar (ah ah ah) co'a Rosa do prado").

Luiz Vieira, o grande nome da toada e da guarânia, teve em Ivon Cury o passaporte para o sucesso, através de inúmeras gravações, como o belíssimo "Vá com Deus" (Álvaro Mattos/Luiz Vieira) e "Estrada de Columbandê" e o clássico "Menino de braçanã".

As qualidades histriônicas de Ivon, seus trejeitos, fizeram com que, paralelamente à carreira musical, fosse um dos pioneiros da televisão brasileira, participando do histórico *TV na Taba*, da Tupi, apresentado por Homero Silva, ao lado de artistas como Lima Duarte, Hebe Camargo, Mazzaropi, Lolita Rodrigues, Wilma Bentivegna, e a orquestra de George Henri, entre outros. Nos anos 1960 ainda era um sucesso tão retumbante que seu casamento com uma aeromoça de nome Ivana dominou os noticiários da época, assim como as perucas que passou a usar.

A rapaziada que o visse no final de carreira, fazendo ponta na *Escolinha do Professor Raimundo*, sem chance para cantar, jamais poderia imaginar a influência que suas canções tiveram sobre seus pais e avós.

Foi uma referência na canção e na televisão brasileiras.

26/5/2007

Um músico extraordinário

Waltel Branco é o derradeiro integrante de uma seleção brasileira de maestros, contratados da Rede Globo, que tinha em Radamés Gnatalli o Pelé. Quando se decidir a divulgar Waltel, é possível que se descubra um dos mais célebres músicos anônimos do país.

Waltel nasceu em Paranaguá em 22 de novembro de 1929. Seu primeiro professor foi o pai, Ismael Helmuth Scholtz Branco, saxofonista e clarinetista. Quando o conheci, me passou a nítida impressão de ser mulato. Na foto do livro, parece mulato. Mas é neto de alemães legítimos.

Uma gravação com o acordeonista italiano Cláudio Todisco, nos estúdios da Odeon, permitiu-lhe conhecer o maestro Radamés Gnatalli. Não levou muito tempo para ser convocado para tocar com o mestre. Depois, passou a ter aulas de regência com dois outros maestros históricos, Alceu Bocchino e Mário Tavares. Conseguiu ser o maestro que ensaiou a orquestra nos concertos de Stravinsky no Rio de Janeiro.

Aos 20 anos, rumou para Illinois, EUA, atrás de aulas com o guitarrista Sal Salvador, que tocava com Nat King Cole. Dava aulas de violão clássico para sustentar o aprendizado de jazz. Chegou a tocar em um trio com Nat King Cole, além de ter produzido o disco de seu irmão Fred Cole e, mais tarde, o de Natalie Cole, filha de Nat.

Depois, participou de um trio com o baterista Chico Hamilton. Nesse período, conheceu Peggy Lee, cantora que se casou com o maestro Quincy Jones. Waltel se casou com a irmã de Peggy, Lede Saint-Clair Branco, tornando-se, por força do casamento, concunhado de Quincy Jones. Com ele tocou muito jazz e música clássica e conheceu o maestro Henry Mancini.

Na época, Mancini promovera uma revolução nos direitos autorais. Até então, os direitos eram todos dos estúdios. Quando sobreveio a crise dos estúdios, aceitou fazer trilhas sonoras para a nova produção, com a condição de ser o titular dos direitos. Estourou na primeira trilha, para o seriado de TV *Peter Gunn*. Ao lado de outros pioneiros, como o argentino Lallo Schiffrin, montou um escritório para atender à nova demanda. Assim que ouviu nosso Waltel tocar, contratou-o. E foi nessa condição que Waltel tornou-se o arranjador de uma das mais famosas trilhas sonoras da história do cinema, do filme *A Pantera Cor de Rosa*.

De volta ao Rio, Waltel pegou o início da bossa nova. Fez todos os arranjos do *Chega de saudade*, de João Gilberto, seguindo o método peculiar do violonista. João Gilberto o chamava, mostrava a harmonia que desenvolvera ao violão, e Waltel a seguia para o arranjo, como se cada instrumento seguisse uma corda. Depois gravou dois discos solos, *Guitarra em chamas 1 e 2*, tendo como acompanhador o violão de Baden Powell.

Em 1963, nos EUA, conheceu o jornalista Roberto Marinho, que o convidou a ser crítico musical do jornal *O Globo*. Quando foi constituída a TV Globo, Waltel foi contratado, indo compor um time de primeiríssima, com Radamés, Guerra Peixe e Guio de

Moraes. Compôs e dirigiu as trilhas sonoras, entre outras, de *O Bem Amado*, *Roque Santeiro* e *Morte e vida Severina*.

Tempos depois, o chileno Zamacois, que ele conhecera em seus tempos no seminário de Curitiba, convidou-o a ir para a Espanha. Lá, estudou mais harmonia e técnicas de violão, venceu o concurso da Rádio Difusora Francesa e, como prêmio, ganhou uma bolsa para estudar com Andrés Segóvia, o maior violonista clássico do século. Fã de Segóvia, que tocava desde criança, Waltel se lembrava de peças das quais o próprio mestre se esquecera. Em vez de aulas, passou a tocar junto com Segóvia.

Tempos atrás, seu amigo Fidel Castro ficou chateado com o *Buena Vista Social Club* de Win Winders, por suas distorções musicais, e incumbiu o maestro Leo Brower (adido cultural da diplomacia cubana e o compositor para violão clássico mais prestigiado da atualidade) de providenciar uma nova versão, mais autêntica. Quem Brower convoca para a empreitada? Entre outros, Waltel Branco.

Julho de 2006.

O gênio internacional de Sivuca

Depois de uma longa luta contra o câncer, na sua Paraíba, João Pessoa, um dos mais internacionais músicos brasileiros de todos os tempos, Sivuca, o sanfoneiro albino, o gênio da Paraíba.

Só um país como o Brasil para dar dois gênios albinos, vindos da mesma região, tendo a mesma base musical, começando com o mesmo instrumento, o acordeão, e conseguindo dar uma visão internacional à sua música: Hermeto e Sivuca. Sua definição das diferenças entre ele e Hermeto, a quem considerava o Beethoven do século XX, é um clássico: "Em mim, música é o ingrediente, em Hermeto é patologia."

A escola de acordeão brasileira é única no mundo, conseguindo desbravar recursos e sons inimagináveis para os acordeonistas italianos e alemães — duas outras escolas portentosas. Em uma belíssima entrevista para o site *Gafieira* (*www.gafieiras.com.br*) Sivuca descreveu as características da sanfona brasileira, a de saber fazer o ritmo, a pulsação no próprio instrumento, seja tocando o choro ou o forró. O "pai" dessa escola é Luiz Gonzaga, que explorou não só o baião como o choro. A linha do choro teve outros dois instrumentistas clássicos, Chiquinho do Acordeão e Orlando Silveira. Sivuca andou pelos dois trilhos do acordeão.

Sivuca nasceu em Itabaiana, a 80 quilômetros de João Pessoa, em 26 de maio de 1930, filho de pequeno agricultor que fazia selas de couro. Os irmãos eram sapateiros. Aos 9 anos conheceu a sanfona. Aos 15 anos assistiu pela primeira vez a um concerto sinfônico com a Orquestra Sinfônica de Recife e teve as primeiras aulas de teoria musical com o clarinetista da orquestra, Lourival de Oliveira, e estreou em um programa de calouros da Rádio Clube de Pernambuco, cujo responsável era o grande maestro Nelson Ferreira.

No ano seguinte, ainda em Recife, conheceu Luiz Gonzaga. Uma semana depois recebeu convite de Gonzaga com um contrato para tocar na Rádio Nacional do Rio de Janeiro.

Permaneceu em Recife, em 1948 teve aulas com Guerra Peixe, que o iniciou na arte da orquestração. Dois anos depois decidiu descer para o sul, convidado por Camélia Alves para tocar na Rádio Record com a grande Orquestra Record, dirigida por Gabriel Migliori.

Naquele ano, já plenamente enturmado com o grupo nordestino que criara o movimento da música nordestina ancorado no baião, gravou seu primeiro disco com Humberto Teixeira. Nele, estava o clássico "Adeus, Maria Fulô", dele e Humberto.

Em 1957 participou da famosa caravana de Humberto Teixeira que foi tocar na Europa. Entre outros, integravam a caravana o clarinetista Abel Ferreira, o Trio Irakitan, o maestro Guio de Moraes, o trombonista Antonio José da Silva Norato, o baterista Edson Machado, Waldir Azevedo. Quando o ouviu, na excursão, o maior clarinetista da história, Benny Goodman, quis levá-lo para os Estados Unidos.

Na Europa, assinou contrato com a Barclay, do famoso produtor francês Eddy Barclay, apresentou-se na Bélgica, Suíça, Sul da França, com um grupo chamado Os Brasileiros e gravou seus primeiros CDs europeus.

Em 1964 foi convidado a tocar nos Estados Unidos, acompanhando a grande Carmen Costa em excursão. Acabou ficando 13 anos por lá descoberto pela cantora sul-africana Mirian Makeba, que fez enorme sucesso na segunda metade dos anos 1960. Conquistou Mirian ao acompanhar de cara o ritmo em que ela cantava. Era o mesmo balaio, que tocava no nordeste. Seu arranjo de "Pata Pata", um dos hits dos anos 1960, projetou-o internacionalmente. Com Mirian, gravou três discos e ganhou fama internacional como arranjador. Mais tarde, trabalhou com Betty Middler e Paul Simon, da dupla Simon e Garfunkel.

Em 1969, a convite de Oscar Brown Jr., assumiu a direção do musical *Joy*, para o qual compôs "Mãe África", e se apresentou em San Francisco, Chicago e Nova York. Em 1973 fez temporada de dois meses no Village Gate, resultando no LP *Life from the Gate*, pela gravadora Vanguard.

Em sua temporada americana, limitou-se à guitarra. Uma vez, resolveu tocar acordeão em um show e recebeu a seguinte carta de um músico americano: "Finalmente encontrei alguém que me fizesse fazer as pazes com esse maldito instrumento que se chama acordeão." O músico era simplesmente Miles Davis.

Em 1975 voltou para o Brasil, gravou um disco estupendo com a violonista Rosinha de Valença e casou-se com Glorinha Gadelha, cantora e compositora. Com ela compôs um clássico definitivo do forró, "Feira de Mangaio". O disco com Rosinha entrou em uma dessas relações americanas dos cem melhores álbuns do século XX.

Em 1975, começou a ser conhecido pela rapaziada, depois que Chico Buarque colocou uma letra inesquecível na valsa "João e Maria", que Sivuca havia composto em 1947. A partir dali os letristas o redescobriram definitivamente. Compôs "No tempo dos pardais" com Paulinho Tapajós, "Homenagem à Velha Guarda", um dos clássicos do choro, gravado originalmente em 1956, que recebeu letras de Paulo Sérgio Pinheiro, e "Mãe África", também parceria com Paulinho Pinheiro.

Definitivamente, está na galeria dos grandes músicos brasileiros do século XX.

17/12/2006

O brilho de Bola Sete

No final dos anos 1940 e a partir dos anos 1950 houve enorme revoada de músicos brasileiros em direção aos Estados Unidos. A música brasileira havia sido descoberta pela missão Rockefeller, que abriria as portas para Carmen Miranda, Bando da Lua e Ary Barroso.

No início dos anos 1950 foi a vez dos violonistas, puxados por Laurindo de Almeida e Luiz Bonfá. Nos anos 1950 e 1960 seguiram viagem monstros da música instrumental, como Moacir Santos, o gênio precoce de Eumir Deodato, o brilhante Sérgio Mendes, o violão sofisticadíssimo de Oscar Castro Neves, o violão mais clássico de Barbosa Lima, o ritmo original de Airto Moreira, as vozes de Astrud e João Gilberto.

Em geral, com maior ou menor intensidade, chegaram ao Brasil os ecos do sucesso alcançado por esses pioneiros. Dois (ou seriam três) deles, no entanto, mereceram pouco reconhecimento por aqui. Um, o duo Índios Tabajara, dois cearenses violonistas que se apresentavam vestidos de índios, mudaram-se para o México, especializaram em gravar *standards*, especialmente boleros, e gozaram de sucesso mundial nos anos 1960 e 1970. Dia desses, consegui baixar no meu *Kazaa* uma das valsas venezuelanas de Antonio Lauro, com uma interpretação portentosa da dupla.

O outro é Bola Sete, Djalma Andrade, nascido a 12 de julho de 1923, no Rio de Janeiro, e falecido em 13 de fevereiro de 1987. Quando o grande guitarrista mexicano Santana recebeu o seu Grammy, e retornou ao centro do sucesso mundial, passou despercebida uma declaração dele, de que sua grande influência fora Bola Sete.

De minha parte, tinha ouvido falar muito dele, como integrante do *cast* de violonistas da rádio Nacional, ao lado de Garoto, Manuel da Conceição, o Mão de Vaca, José Menezes e de um jovem aprendiz, de nome Baden Powell.

Nos anos 1970 foi lançado um LP histórico, uma jóia rara que guardo em cofre forte, com João Pernambuco, o pai da escola de violão brasileiro, solando e sendo acompanhado por Bola Sete, fazendo uma "baixaria" inacreditável.

Quem me chamou a atenção para ele, muitos anos depois, foi meu amigo Patrick Ledoux, um executivo do Banco Francês e Brasileiro que se mudara para o Brasil atraído exclusivamente pela música brasileira. Patrick tinha todos os discos de Bola Sete lançados nos Estados Unidos. Aí, recebido o sinal de alerta, você apura o ouvido que nem índio apache deitado na bitola do trem, e fica esperando os sinais da chegada do som. E como vieram sons de Bola Sete.

Ao lado de antecessores, como o argentino Oscar Alemán, e de sucessores, como Paquito de Rivera, Bola Sete foi um dos criadores do jazz latino, a escola que logrou casar a sofisticação harmônica do jazz com o balanço e o estilo de improvisação do choro e dos ritmos do Caribe.

Bola Sete começou a tocar nas rodas de músicos na Praça Tiradentes. Aos 17 anos, passou uma temporada em Marília (SP) com o conjunto de Henricão — o extraordinário compositor de "Casinha da Marambaia". Sua carreira, de fato, começou em 1945, quando venceu um concurso de violão na rádio Transmissora (futura rádio Globo). Por três anos apresentou-se no programa *Trem da Alegria*, no Teatro João Caetano, com Lamartine Babo, Iara Sales e Héber de Boscoli.

No final dos anos 1940, adquiriu vida própria. Montou o Bola Sete e seu Conjunto, que tinha como *crooner* Dolores Duran. Apresentavam-se nas históricas boates Drink e Vogue — esta, a mais famosa casa noturna da época, consumida pouco depois por um incêndio.

Em 1954 formou uma orquestra que correu América Latina e Espanha. Sua mudança para os Estados Unidos foi em 1959. Até 1962 apresentou-se para a rede de hotéis Sheraton.

A partir de 1960, Bola Sete começou a despejar choro nos gringos. Gravou o LP *Bola Sete*, com "Um a zero" (Pixinguinha e Benedito Lacerda) e "Império do samba" (Zé da Zilda e Zilda do Zé).

A partir daí, ninguém mais segurou Bola Sete. Tocou no conjunto de Dizzie Gillespie, esteve na noite da bossa nova, no Carnegie Hall, montou seu trio com os impecáveis Tião Neto no baixo, e Chico Batera na percussão. Deixou dez LPs gravados nos Estados Unidos, o mais procurado dos quais, com Vince Guaraldi.

Morreu como um dos ícones da música instrumental das duas maiores potências musicais do século.

10/12/2006

A flor incandescente da poesia

Admito que não foi uma dica brilhante que me deram, e não foi gesto prudente aceitá-la. Mas quando me informaram que o Murilo e o Zé tinham sido presos na invasão do Largo São Francisco, em pleno 1969, achei que seria legal ficar hospedado no apartamento vago que tinham na Casa do Estudante, ali na avenida São João. Parece que o João estava por lá e ficara com as chaves.

Em circunstâncias normais, a idéia até que seria válida. Mas se estava em pleno Ato Institucional 5, que instituiu a ditadura, e a Casa do Estudante era um centro conhecido de agitação.

A besteira que fiz não foi a de me expor aos milicos, mas aos antimilicos, devido ao detalhe que não me dei conta quando saí de Poços, mas que começou a pesar como um pressentimento quando desci do ônibus na avenida São João e rumei para a Casa: estava com o cabelo à escovinha, na condição de atirador do Tiro de Guerra 147 de Poços de Caldas.

Cheguei na Casa, um pardieiro de mais de dez andares, peguei a chave com o João, entrei no apartamento e fiquei meia hora curtindo um LP do Ataulfo Alves, do nosso amigo Tomas Tarquínio. Depois tirei a roupa, os óculos e deitei só de cuecas.

Foi quando o mundo desabou em cima de mim. Acordei com murros na porta, levantei meio tonto, abri, e dei de cara com quatro estudantes, dois rapazes e duas moças. Um dos rapazes eu conhecia, era o Natan, de Aguaí, com quem já tomara uns pileques no Bachianinha. Anos depois Natan entraria para a guerrilha e fugiria do país com uma bala na perna. Naquele momento, eu sem óculos e com cabelo à escovinha, ele não me reconheceu, perguntou vociferante quem é você e a mulher magrinha nem esperou completar a pergunta e já avançou de porrada para cima de mim me chamando de meganha fdp e perguntando o que eu havia feito com os seus amigos.

A muito custo falei para o Natan que eu era eu, ele me perguntou o porquê do cabelo à escovinha e eu lhe respondi se ele nunca tinha ouvido falar em serviço militar obrigatório. Aí ele me reconheceu e segurou a potra braba que teimava em me cobrir de porrada. E foi essa a única razão de eu não ter tomado uma porrada da qual teria motivos para me vangloriar para o resto da vida: a dona do murro era uma moça magrinha de nome Orides Fontella, minha vizinha de São João da Boa Vista, na época uma estudante de Letras com inclinações para a poesia.

A vida não foi feliz com Orides, nem ela com seus amigos. Nos anos seguintes, acompanhei à distância a sua carreira, os elogios que seu talento acumulava e os receios que seu nome provocava.

Vivia miseravelmente. Fez carreira no serviço público e se aposentou como bibliotecária. Teve consagração em vida dos maiores críticos nacionais, dentre os quais Antonio Cândido de Mello e Souza. O professor a ajudou como pôde, com críticas consagradoras e com uma bolsa que ele recebera de uma fundação estrangeira.

Orides reagia como um bicho acuado, um vulcão de sensibilidade que explodia na poesia mas não conseguia canalizar para as relações pessoais. Agredida pela vida, não sabia responder aos gestos de carinho e de atenção. Explodia do mesmo modo que quando era agredida. Do professor cortou as roseiras. Deve ter feito pior com o David Arrigucci. Fazia escândalos com amigos, explodia com protetores, se perdia e perdia tudo o que tinha e, quando nada mais tinha, ia abrigar o corpo magro no velho prédio da Casa do Estudante.

A única luz que provinha dela saía pelos poemas que rabiscava desesperadamente, até se esvair de vez em um sanatório de Campos do Jordão, anos atrás.

Seu nome está consagrado nos círculos mais seletos de poesia, e sua obra dispersa. Dia desses me encontrei com minha antiga professora de português, a Ana Maria Salomão, que me presenteou com um conto com o qual venci um concurso do Instituto Educacional de São João, em 1968, do qual o juiz foi o professor Antonio Cândido.

Ana procura juntar as poesias esparsas de Orides. É trabalho insano. A poeta morreu sem deixar testamento e há que se atentar para o inventário, para os protocolos, para a burocracia, a mesma que fazia Orides explodir como uma flor de larva incandescente.

A cada dia que passa mais aumenta sua reputação. Para muitos, Orides já faz parte do Olimpo das maiores poetas do século. Na minha memória, será sempre a moça magrinha que explodia uma agonia que não se sabia explicar, uma fúria selvagem, rústica, que servia para encobrir a poeta que não se bastou.

18/5/2002

A poeta militante

Início dos anos 1990, os dois velhos senhores rememoram a vida, os negócios e as paixões em uma fazenda antiga de Botelhos, sul de Minas. O mais calado, Walther Moreira Salles, introduz cada tema; o mais falante, Homero Souza e Silva, dá os detalhes. Durante muitas décadas foram parceiros de alguns dos mais importantes negócios do país. Walther montava a estratégia, Homero executava. Ambos se completavam e eu ficava no meu canto, ouvindo e anotando encantado as histórias que jorravam daquela mesa.

Depois do almoço, arrisquei outro tema:

— E a Adalgisa Nery?

Os antigos, de Poços de Caldas, lembravam-se da poeta em farras monumentais na Fonte dos Amores, junto com alguns grandes empresários e políticos da época, como João Daut. Walther queixou-se:

— Ela não gostava de mim. Vivia me criticando na sua coluna na *Ultima Hora*.

Homero levou um susto, pôs a mão na cabeça e exclamou:

— Ai, Walther, esqueci de te contar.

— O quê, Homero?

— Em 1954 eu fui a um jantar na casa do presidente da Alcoa, a Adalgisa estava lá, bebeu um pouco, me chamou de lado e me confessou que era apaixonada por você.

— Uh!, Homero. E só agora você me diz isso?

Quarenta anos depois, Adalgisa provocava lembranças flamejantes não apenas no banqueiro Moreira Salles, mas em toda a geração dos anos 1940, que tinha nela e em Cecília Meirelles as grandes musas.

Adalgisa nasceu no Rio de Janeiro em 1905, sete anos antes de Walther, filha de um funcionário da prefeitura do Rio. Aos 16 anos casou-se com o poeta Ismael Nery, cinco anos mais velho, e se aproximou de toda a intelectualidade que integraria a geração de 1940, Carlos Drummond de Andrade, Manuel Bandeira, Murilo Mendes, Jorge de Lima. Enviuvou cedo. Ismael morreu vítima de tuberculose aos 30 anos. O casamento foi conflituoso e trágico: dos sete filhos que tiveram, apenas o mais velho e o mais novo sobreviveram.

Cinco anos depois, Adalgisa iniciou sua carreira solo de escritora na *Revista Acadêmica*. Em 1940 casou-se com Lourival Fontes, o grande mentor do Departamento de Imprensa e Propaganda, um bruto mas com enorme vocação para circular nos meios intelectuais e cooptar alguns dos maiores nomes para o seu departamento. A lua-de-mel foi em Poços de Caldas. Em uma das noites, o casal compareceu ao elegante Cassino da Urca, que Moreira Salles construíra e arrendara para o lendário Joaquim Rolla. Foi servido ao casal um prato francês qualquer, que Lourival confundiu com uma farofa nordestina.

Em 1945, Lourival foi indicado embaixador brasileiro no México, e Adalgisa conquistou também a intelectualidade mexicana, tendo sida pintada tanto por Rivera quanto por Frida Khalo.

Separou-se de Lourival em 1953 e, em 1954, estreou sua coluna "Retrato sem Retoques" na *Ultima Hora*, onde permaneceu até 1962 misturando a crítica política com esse tempero tão feminino: a dor-de-cotovelo. E tome paulada, dr. Walther. Foi cassada em 1969.

Eu ainda não conhecia as ligações de Adalgisa com Poços quando, em 1980, no *Jornal da Tarde*, sugeri um perfil da poeta, de quem ninguém mais ouvira falar. A sucursal do Rio demorou um pouco a responder, pela dificuldade em localizá-la. Coube ao repórter Cláudio Lacerda, já falecido, levantar a história. Adalgisa tinha acabado de morrer. Nos últimos anos, havia enfrentado uma difícil disputa jurídica com seu único filho, em torno de sua herança.

Sem recursos, acabou sendo acolhida por Flávio Cavalcanti, o apresentador de direita, símbolo máximo do autoritarismo militar, o homem que quebrava discos, crucificava cantores... mas que tinha um coração de manteiga. Morou alguns anos na casa de Flávio, em Petrópolis, a quem dedicou seu romance *Neblina*. Depois, recolheu-se ao Retiro dos Artistas, em Jacarepaguá, onde morreu em 1980.

POEMA DA AMANTE

Eu te amo
Antes e depois de todos os acontecimentos,
Na profunda imensidade do vazio
E a cada lágrima dos meus pensamentos.
Eu te amo
Em todos os ventos que cantam,
Em todas as sombras que choram,
Na extensão infinita dos tempos
Até a região onde os silêncios moram.

Eu te amo
Em todas as transformações da vida,
Em todos os caminhos do medo,
Na angústia da vontade perdida
E na dor que se veste em segredo.
Eu te amo
Em tudo que estás presente,
No olhar dos astros que te alcançam
E em tudo que ainda estás ausente.
Eu te amo
Desde a criação das águas,
desde a idéia do fogo
E antes do primeiro riso e da primeira mágoa.
Eu te amo perdidamente
Desde a grande nebulosa
Até depois que o universo cair sobre mim
Suavemente.

5/6/2006

Declaração

Amor de internet

Não sei se por anos, décadas ou séculos,
esperei bater à minha porta
certa mulher.

A queria altiva, não solene.
Não a queria simples, mas complexa.
Não devia ter a bússola, só o leme
e com ele perseguir o rumo,
qualquer rumo, por qualquer quebrada,
contanto que na caminhada
viesse dar à minha porta,
eu também sem rumo.

Não sei se por décadas ou anos,
esperei pela mulher que não chegava.
Onde estaria? Talvez escondida
num desvão de meus vinte e um anos,
no inventário dos meus desenganos,
numa curva daquela estrada abrupta
que ingressei, quando encarei a vida.

Esperei pela mulher que não chegava,
que devia ser altiva, não astuta,
que devia ser paixão, não força bruta,
iluminando a minha existência.
Esperei por muito tempo, muito tempo, muito tempo, muito tempo, muito tempo...
Mas os anos passaram num relance,
e a mulher que eu queria já não era.

Ou era apenas retrato de vinte anos atrás,
dolorido, saudoso, mas retrato.
Agora, dona de casa compassiva e muda,
sem mais nada a ver, presa à labuta
de acordar,
cozinhar,
servir a mesa,
levar os filhos para a escola...
E, à noite, quando o marido se vira para o canto,
relembrar sonhos perdidos.

Mas eis que a fantasia me assombra no dia em que completei um ciclo de vida, uma batalha inquieta que sai da adolescência e chega muito rapidamente ao limiar dos meus cinqüenta anos.

E pela internet faço um trato,
uma proposta indecorosa e safa
para a moleca que,
dizendo-se Heddy Lammar,

malandramente entra no chat para provocar
com sua jovem erudição desenfreada.

Abriria a ela as portas e os salões
da intelectualidade eloqüente da capital,
que, com seus vanilóquios intermináveis,
fascina a intelectualidade contida do interior.

Em troca, seria confidente e cúmplice,
incumbida de trazer ao chat
a mulher que um dia idealizei,
para um último papo, duas, três lembranças,
um arremate para a conversa inconclusa
cujo desfecho ficou parado no ar
na noite em que enterrei meus sonhos.

A moleca ouviu um tanto intrigada
a proposta descabida e louca,
vinda de quem mal conhecia
— um nick provocador e debochado
cuja diversão mais ostensiva
consistia em ironizar sua erudição.

Pensou em tratar com desaforo
a proposta que a subestimava,
como se buscasse o autor, e não a obra,
como se mendigasse sobras de poesia,
como se fosse uma nova rica da cultura...

...mas não resistiu a penetrar, àquela altura,
na porta que inesperadamente se entreabria.

Aonde iria dar, em algum louco?
Em algum misógino, em um fantasma delirante,
em um alucinado amante, ou, pior, um gozador?
Ou um cético contaminado
pelas libações da internet
(como aquele médico pirado de Floripa,
que exercitou as armas da conquista...
E, depois, simulou a própria morte,
deixando-a perdida entre o real e a fantasia)?

E o que viu a deixou mais intrigada.

Quem era aquele desbocado
que inesperadamente
lhe fazia confidências doloridas?
que usava mensagens reservadas,
não para corte ou cantadas,
ou trepadas virtuais em mal-comidas,
mas para confissões de vida?

Aceitou de pronto a proposta
e montando em conjunto a conspirata
criou-se total cumplicidade,
entre os dois tipos mais trocistas da sala.

Primeiro, matricular-se no curso de inglês
onde a mulher preenchia sua vida vazia
dando aulas comedidas.
Depois, insinuar-se junto a ela,
falar dessa nova invenção que
permitia
a quem buscava, encontrar,
ao romântico, romancear,
ao incuravelmente travado,
destravar a declaração reprimida.

Durante semanas teceu-se a urdidura.
E Heddy Lammar, que era rocha pura,
e Salitre de Tal, pura armadura,
esqueceram por instantes de suas lanças
e do exercício rotineiro do sarcasmo.
E o chat perguntava, o que deu neles?
De certo tramando a grande sacanagem,
a suprema parceria, o trote clássico e fatal,
entre Heddy Lammar e Salitre de Tal.

A cada noite, depois do batente,
encontrávamo-nos no ICQ para balanço
e aprimoramento da estratégia traçada.
A cada manhã, antes da labuta,
encontrávamo-nos de novo.
Na hora do almoço, mais uma vez.
E aproveitávamos as pausas da grande armação

para confidências, revelações discretas,
plantadas distraidamente na conversa
como intervalos comerciais da grande novela.

E de revelação em revelação
rapidamente penetramos
nos recantos mais secretos de cada um.

Em breve, ela me viu um solitário.
Rapidamente a intuí tão só.
E enquanto as comportas se abriam
jorravam torrentes de dor e de agonia,
de dois náufragos navegando
pela cósmica solidão de um mundo novo.
Pressentindo Heddy Lammar sozinha,
sentindo em mim a solidão latente,
tornamo-nos hóspedes permanentes
de nossa solidão vizinha:
eu abrigando minha solidão na dela,
ela amparando sua solidão na minha

À medida que os dias caminhavam,
as sombras do passado iam se esvaindo
como nuvens pesadas tocadas
por um vento forte e reparador.
Cada vez menos valia o trato inicial.
Sem perceber, um novo ciclo se iniciava,
agora, eu precisando de Lammar,
ela pedindo Salitre de Tal.

Mas não veio a paz de pronto, e sim o furacão,
desordenado, imprevisível, assustador, intenso.
E Salitre de Tal, que nunca desarmara,
e Heddy Lammar, que nunca se excedera,
assustaram-se com o salto no escuro,
como quem transpõe o misterioso muro,
que transporta para o onde ainda não há.

Que sentimento era aquele que jamais sentimos,
nos fazendo ansiar, arfantes, loucos,
buscando incessantemente um ao outro
como viciados em drogas e poesia?
Que sentimento aquele, que jamais previmos,
nos fazendo derrubar muralha, paliçada,
elmo, armadura, e almas tão fechadas
pela grande solidão que construímos?

Não sabíamos decifrar a emoção,
que nos fazia vibrar a cada nervo
como as cordas tesas de um bandolim.
Só sabia que eu queria a ela,
e ela sabia que queria a mim.

Aí, houve a necessidade urgente
de um mergulho breve e incisivo
que permitisse decifrar o mais preciso
a árvore, o fruto, a polpa, a semente.
Não valia mais o grande enigma,

antes fascínio, agora, insegurança.
O que valia era a pronta resposta,
a comprovação de que a nossa aposta
em vez de risco, era aventurança.

E doeu, meu Deus, como doeu,
desvestir cada véu, cada escama,
revolver cada lençol na cama,
farejar resquícios de paixão.
Como doeu espreitar a energia,
a vitalidade jovem e sadia
de quem aprendeu sem carregar as culpas
que carregou a minha geração.
Como doeu decifrar as aventuras,
algumas vagas, outras muito duras,
umas antigas, outra invadindo
o início tenso de nossa paixão.

Ao final do processo, eu exaurido,
reflexivo, apaixonado e sábio,
como leitor daqueles alfarrábios
que decifravam a condição humana,
entendi o início e o meio,
compreendi o desfecho e a conclusão.

E foi assim que esse amor tão louco,
atracou-se como o barco ao porto
depois de noite de mil provações.

Hoje, a cada manhã que amanheço
a espreito no leito e me enterneço
com o reencontro, o reinício.

E recomeço.

1998

Este livro foi composto em Minion 10,5/15,2
e impresso pela Ediouro Gráfica sobre
pólen soft 80g para a Agir em novembro de 2008.